冀東藝文叢編

遵化詩存

[清]孫贊元 編
石向騫 王雙 孫春青 點校

燕山大學出版社
2019・秦皇岛

圖書在版編目(CIP)數據

遵化詩存/(清)孫贊元編;石向騫,王雙,孫春青點校. 一秦皇島:燕山大學出版社,2019.12
(冀東藝文叢編)
ISBN 978-7-81142-929-9

Ⅰ. ①遵… Ⅱ. ①孫…②石…③王…④孫… Ⅲ. ①古典詩歌—詩集—中國—清代 Ⅳ. ①I222.749

中國版本圖書館 CIP 數據核字(2019)第 197654 號

遵化詩存

[清]孫贊元 編　石向騫 王雙 孫春青 點校

出 版 人:陳　玉
責任編輯:柯亞莉
封面設計:吴　波
出版發行:燕山大學出版社 YANSHAN UNIVERSITY PRESS
地　　址:河北省秦皇島市河北大街西段 438 號
郵政編碼:066004
電　　話:0335-8387555
印　　刷:北京虎彩文化傳播有限公司
經　　銷:全國新華書店

開　　本:700mm×1000mm　1/16　　**印　　張**:20　　**字　　數**:230 千字
版　　次:2019 年 12 月第 1 版　　**印　　次**:2019 年 12 月第 1 次印刷
書　　號:ISBN 978-7-81142-929-9
定　　價:75.00 元

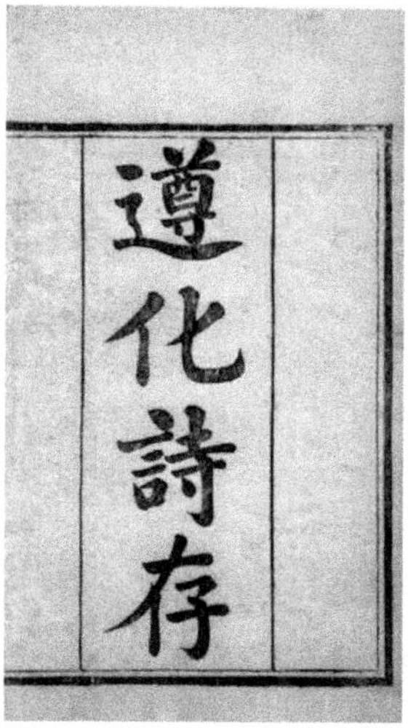

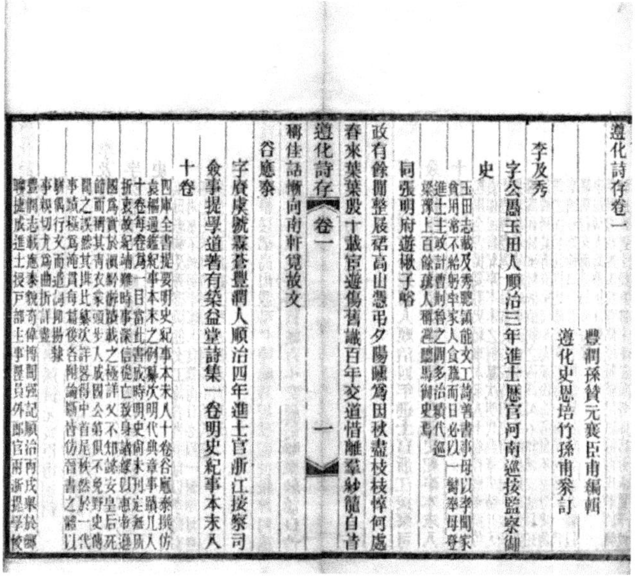

遵化詩存卷一

豐潤孫贊元襄臣甫編輯

遵化史恩培竹孫甫參訂

李及秀

字公愚玉田人順治三年進士歷官河南巡按監察御史

玉田志載及秀聰穎能文工詩善書事母以孝聞家貧用常不給躬率家人食蔬而日必以一鮮奉母登進士主政計曹尉爲之開多治績代巡擢上百餘孫人稱聽馬御史焉

同張明府遊楸子峪

政有餘閒整屐裙高山慧弔夕陽曛爲因秋盡枝枝悴何處春來葉葉殷十載宦遊傷舊識百年交道惜離羣紗籠自昔稱佳話慚向南軒覓故文

谷應泰

字賡虞號霖蒼豐潤人順治四年進士官浙江按察司僉事提學道著有築益堂詩集一卷明史紀事本末八十卷

四庫全書提要明史紀事本末八十卷谷應泰撰仿袁樞通鑑紀事本末之例纂次明代典章事蹟凡八十卷每卷爲一目當此書成時明史尚未刊定無所折衷故紀載雖時事深信從亡致身諸錄以惠帝遜國爲實於諷刺諸載之極詳又不知諸安皇后死節而補其青衣象頭步人成國公弟俱不免野史傳聞之誤然其排比纂次詳略得中首尾秩然於一代事蹟極爲淹貫每篇後各附論斷皆仿晉書之體以駢偶行文而遣詞抑揚隸事親切尤爲曲折詳盡

豐潤志載應泰貌奇偉博聞強記順治丙戌舉於鄉聯捷成進士授戶部主事歷員外郎官兩浙提學校

遵化詩存　卷一　一

《遵化詩存》書影

前　　言

地方詩歌總集的編纂，明清之際漸繁，清中葉之後臻於鼎盛。河北地方詩歌總集，起於順治年間宛平王崇簡輯《畿輔明詩》十二卷。繼之，康熙末年雄縣王企埥輯刻《畿輔七名家詩鈔》四十六卷，磁州楊方晃於雍正初年輯《磁人詩》十卷。嘉、道年間，天津梅成棟輯《津門詩鈔》三十卷，遷安高繼珩輯《國朝畿輔詩傳》六十卷。道、咸年間，南皮王國均、葉圭書先後輯《滄州明詩鈔》一卷、《國朝滄州詩鈔》十二卷補鈔二卷續鈔四卷補遺一卷。民國年間，天津高淩雯又輯《天津詩人小集十二種》，鹽山賈恩紱輯《明清鹽山詩鈔》十二卷。凡此種種，已成大觀，恰可體現先賢地域文化的自覺意識。

我冀東地方本不乏歌詩傳統，但域内歷屬京畿重地，專制王朝的政統教化嚴密，文人的言論及文社活動受到明顯抑制。該地又相對僻處山海一隅，鄉情樸拙，文人狷介自處，不好自我標榜，故一直被視爲文風媕陋之區。所幸清末以來，亦有鄉賢義心古抱，發潛闡幽，提振道統。樂亭史夢蘭自咸豐初年始，積四十年心力，輯刊《永平詩存》二十四卷續編四卷。豐潤孫贊元仿《永平詩存》之體例，於光緒年間輯《遵化詩存》十卷。民國十八年(1929)，昌黎李夢花又繼《永平詩存》之後，編刊《碣陽詩話》二十二卷。此三部詩歌總集著作，相沿相續，保存冀東鄉邦文獻，賡颺風雅，足徵斯文在兹。

冀東系清代永平府與遵化直隸州二境所轄區域，遵化直隸州又下轄遵化、豐潤、玉田三地。史夢蘭原訂編選《永遵詩存》，統收永平府及遵化直隸州兩境之詩，但因採訪不便，其志未竟，止成《永平詩存》。而遵化史光熊（字逸卿，號幼畦，史樸子）乃倡議選輯《遵化詩存》，並囑其子史恩培（字竹孫、葵盦，號惺石，晚號畿東退民，光緒己丑進士，曾任山東知縣，著有《葵盦全集》十六卷）任其役。史恩培因參與編纂《遵化通志》，未暇顧及。光緒丙戌，孫贊元被公聘爲遵化燕山書院山長，乃殫心搜採，終於次年編成《遵化詩存》十卷。

孫贊元字襄臣，豐潤縣王蘭莊鎮新河莊（今屬豐南）人，同治癸酉舉人，曾被聘協修《遵化通志》，後主講燕山書院，光緒二十二年（1896）選任無錫縣知縣，著有《蘿蔭山房詩稿》二卷。《遵化詩存》著録清順治至光緒年間遵化、豐潤、玉田三境詩家一百零三人之詩，詩家之後附以作者小傳，並摘引名人所撰詩話、序跋及志傳材料，對作者的生平、創作加以點評。該書集一朝一地之詩，文獻梳理徹底，追亡拾遺，披求詳盡，且古、近諸體俱備，題材廣闊，足可呈現清代畿東詩壇面貌。孫氏選詩，無門户之見，兼録各家，尤重交遊、紀事、詠史、感時及有關地方故實之作。編中除選録谷應泰、周體觀、曹鼎望、曹釗、曹鈖、魏元樞、魯克恭、張應楸、董榕、陶譽相、史樸、蔣慶第、孫桂（孫櫄）、趙國華等名家作品外，還盡可能多地收録了地方底層文人的詩作。卷十又專辟爲閨秀詩卷，著録女性詩家六人，詩五十七首。卷九則爲詩餘，録五家詞共二十二首。至於該編因迫促成書，或有採録未周、敘次不嚴之瑕，則史恩培先生已在跋語中言明，兹無庸贅言。

通覽《遵化詩存》，可見遵化、豐潤、玉田三地作爲冀東名區，於有清一代形成了一個規模可觀的地域性文學社群，成員之間或親朋或師友，歌詩往來，於個性書寫之中又呈現地方品格。而此文學社群，又以家族詩人爲主體。自清初迆至道、咸，諸多文學世家蔚起鄉間，如豐潤曹氏、谷氏、董氏、鄭氏、竇氏，玉田蔣氏、袁氏，遵化史氏、孫氏，里閭絃歌，群才競爽，彬彬稱盛。《遵化詩存》著意著録家族詩人群體，功莫大焉。

《遵化詩存》編成後，於光緒戊子由遵化知州陳以培籌貲刊行，是爲初印本。之後經史恩培對版片略作調整、補充，又重新刷印，是爲重印本。兩种本子流傳至今，公私藏弆，尚有十餘部存世，其中初印本如天津圖書館藏本，重印本如唐山張哲明先生家藏本。較之初印本，重印本於卷六末補入瑞徵，於卷八末補入方鉞。初印本卷八蔣慶第詩起首爲《擬古二十首》，僅録六首，重印本則將《擬古二十首》後移，二十首全録，且增録蔣詩二題四首。重印本又將目録頁重鐫，於卷一“李維斌”下注“應移入卷三”，又將董紹蘭、祥盛由卷八移入卷七目下，且於二人名下注“以上二人應由卷八移入”，但此三人正文並未作調整。初印本與重印本於卷十後均附有補遺，録梁葆之、宋豹文二人之詩。重印本目録於補遺目下增列方鉞、瑞徵，且於二人名下注“以上應補入卷六”，而正文瑞徵入卷六，方鉞則入於卷八。

今整理本即以張哲明藏《遵化詩存》重印本爲底本點校而成，詩家敘次，一仍其舊，僅將目録依正文重新編排。卷七東陵駐防旗人繼勳，底本目録列爲“兆勳”，今從繼勳。史恩培跋語中尚稱李登螭、瑞徵二人未及著録，而初印本、重印本均已將李登螭録入卷四末。重印本補入瑞徵，而跋中作“瑞澂”，應誤。底本補遺宋豹文詩《弔鹽山邑令杜公殉節》詩題中“鹽”字缺，天津圖書館藏本有後補“鹽”字，今從之。據查此杜公應爲同治年間鹽山知縣杜恩禄。

點校工作中，凡有所校訂，則在該篇之下作出校按。底本中異體字、俗體字一般予以保留，少數無關正譌、正俗和意義的，作適當統一。明顯的刻誤字及避諱缺省字，徑改之，不出校。原缺而未能補足的字，以“□”代之。此外，爲適應今人閱讀習慣，改爲横排版式，原小注中的小字雙行也改爲小字單行。所有謬誤，尚祈方家指正。

二〇一九年十月灤南石向騫謹識於唐山

目　録

序

蓋聞聲音之道與政治通，教化之原自近畿始。我朝燕京定鼎以來，重熙累洽二百餘年，文治聿興，人才蔚起。渥被於皇澤者深，斯承宣夫懿鑠者廣，和其聲以鳴其盛，自多鉅製鴻裁，此《二南》之詩所以冠諸《風》之首也。遵化爲輦轂近地，較之前漢，乃左馮翊、右扶風，比其沐浴聖化而以仰承至意者，歌詠承平，當非他郡所能跂及。況其地負山據海，極峻峍滂渤之觀，故其人亦多磊落英奇，發爲詩歌，自無委靡不振之氣。秦漢以前，茫無可攷。晉魏以還，即如陽藻、陽固、榮毗、竇儀諸人，無不以文章學術彪炳一時。雖揚風扢雅之章不可多覯，非大雅之不作，實傳述之無人耳。歲在乙酉，余承簡命，備員玆郡，下車以來，務期政通人和，百廢俱舉。越明年，敦請豐潤孫襄臣孝廉主講燕山書院，兼有協修州志之役。公餘之暇，每樂過從，與之探討經史、詩文，甚相契合。襄臣蓋留心一郡之文獻者，因出所輯《遵化詩存》拾卷，索序於余。余披閱一周，益歎編輯之苦心爲不可及也。夫廊廟之賡歌，宜垂金石；名山之著作，貴得傳人。惟幸有一二提倡風雅之士，蒐亡訂墜，索隱探幽，上及縉紳簪笏之儒，下逮泉石山林之彦，不遺不濫，薈萃成書。而他年文獻之廢興，風俗之純駁，胥於是乎驗之。然則是集之成，其關係豈淺鮮哉？如瘞暴骨，如哺棄兒，昔人沈痛之言，並可爲襄臣誦之矣。余非喜其風流好事，而喜其有關於政教風化之原也，於是乎書。

光緒歲次丁亥夏五之杪誥授中憲大夫、花翎特用府、
知遵化州事合肥陳以培序柬撰

序

經有五而《詩》居一,《詩》有六義而風居一。古者採風於野,而陳詩於明堂,故凡文人學士、田夫野老、婦人女子莫不有性情,即莫不有歌詠。三代以還,厥體屢變,其爲性情無異,其爲歌詠亦無異。然非爲之掇拾於當時,則其後或傳或不傳。選家分門别户,又或囿於見聞,以視十五國風之犁然各當,其例固有殊矣。今之州郡,古列國也。近畿數百里,其《二南》周、召比乎?及門孫子襄臣,家豐潤,隸遵化州,距京師爲近。績學能文,主講遵化書院,暇乃輯其鄉先輩以及近代詩人、閨秀之作,得詩若干卷,曰《遵化詩存》。人係以傳,以爲考文徵獻之助。續修州志,襄臣與焉,事竣,賢刺史命工開雕,因取《詩存》並付梓。夫志乘史類源出於壹,若詩以地名,實《國風》之支流餘裔。士不通經,不足致用,襄臣勉乎哉!

賜進士出身、翰林院侍講學士、日講起居注官、上書房行走、
咸安宫總裁諸城徐會澧東甫序於京居

序

著述必見之天下，而後傳之後世。而孤修宿學不自炫暴，或其俗以標榜爲戒，其里復無大力者揚之，以至風委雲墜，終佚於一鄉。而世所號一代之選，易於私近略遠，甚則出其邦者七八，而以其三二予天下。嗟夫！人之遺之也若此，己之閟之也又若彼，不傳之所以多也，北之人爲甚。國朝以來，如宜興陳氏、泰州鄧氏、吴江顧氏、長洲沈氏、青浦王氏，皆以網羅天下之詩先後著於時。而吾郡自周氏伯衡、谷氏霖蒼、曹氏冠五父子外，落落無有聞。夫訥樸不文，不害於君子也。若必皆其傯俗也，則内愧之不遑，不敢以謬於世也。天下無處無誠僞，吾人無事可以亂是非，區區詠吟，而移吾重乎？同里孫丈薌臣郵以告於余，乃比年搜集鄉先生詩，得百有餘家，郡大夫合肥陳君樂梓以傳。然則吾郡之詩，宜非其無可傳也，而何其韜翳者之多也！長洲陶氏最爲晚出，且專采畿人。而道光以前諸君子，亦尚多不能得之於陶氏。然則前此二百餘年至令天下無所資以求，亦吾郡人之咎，而未可歸之當世者已。

光緒十三年冬十月既望賜進士出身、二品頂戴、鹽運使銜、

山東即補道豐潤趙國華菁衫譔

序

古人立言不朽，詩其一端也。而作者往往不自愛惜，稿輒散去，更無人焉網羅而珍存之，則不朽之作而不能傳於天下後世者多矣。吾鄉在前明時，人文稱極盛，而先賢遺集至今罕有存者。豈以區區吟詠，薄之而不屑爲歟？而胡爲餘音之寂寂也？孫襄臣孝廉心焉慨之，輯國朝以來鄉先生詩，得百有餘家，刊而行諸世。蓋有鑒於前此之湮没不傳，而不忍令後之人無所資以求先賢之手澤也。夫吾鄉先達諸公，如谷氏賡虞，以史學名於時，國史列之《文苑傳》，未嘗專以詩鳴也。又如周氏伯衡，爲江西監司，風流好事，與施愚山相似，《漁洋集》豔稱之，是其詩已傳於當世也。此外或有專稿，間爲選家所收録。斯即今日不謀所以存之者，而其人其詩何嘗不傳於千古？然天下人既已群誦之，而鄉之人或不能道其一字焉，不亦生是鄉者之恥乎？况乎其必有待於存者，如聽其散佚焉，更何以傳之天下後世也？此襄臣孝廉所以不能已於是編也。吾鄉之讀是編者，知立言可以不朽，而不僅於詩求之，則咸思著述以自見。吾知他日薈萃成書，必更有和聲以鳴國家之盛者，而是編其導以先路也夫。

賜進士出身、翰林院編修、詹事府右春坊右中允、

提督甘肅學政遵化秦澍春序於蘭山學署

凡　　例

一　遵化先哲，金、遼以前多無詩詞可攷。惟金之王寂著有《拙軒集》，國朝釐訂爲六卷，《四庫全書提要》稱其詩文清刻鑱露，有戛戛獨造之風。寂弟宷著有《曲全子集》，明代張儒著有《九峰集》，本可冠首，然代止一二人，未免挂漏。故是集止就國朝選起，得百有餘家，分爲拾卷，先付手民。後有搜羅，仍擬重編續集。

一　編次先後率以科第爲斷，無科第者則按其世次約略序入，俾免後來居上之譏。

一　每人名下必詳其字號、爵里與著有何書。其有嘉言懿行見於何書及本集序文中者，亦必摘録數語於前以表梗概，令後世誦其詩即可想見其爲人。

一　嘉慶九年，欽定《熙朝雅頌集》專録滿、蒙、漢旗籍之詩，至百有八卷，可謂宏富。後有作者，不難重編續集，以故《畿輔詩傳》不收旗籍。然屯居之漢軍，在國朝以前原係民籍，聚族而處歷有年所，與滿、蒙不同，詩雖不多見，是集一例收入。

一　吾郡文人寄籍他處者而仍注籍本邑，如董觀察世寍兄弟本係豐潤，解組後僑寓遵化；王明府維屏本係玉田，僑寓豐潤；董茂才琪樹本係豐潤，僑寓遼瀋，仍照原籍收入。

一　選家率以蓋棺論定者爲憑，或以詩存人，或以人存詩，深淺高下，皆有不没其所長之意。然現存之人有可傳者，亦恐久而湮没，故是集别爲一卷，附録現存人，絶非阿其所好，蹈標榜聲華之習。

一　吾郡詩人刻有專集暨得見全稿者，約三十餘家，其餘皆訪之故家，斷簡殘篇，難免遺漏。後有同志君子廣爲搜輯，庶足備吾一鄉之文獻云。

光緒丁亥夏五襄臣孫贊元識

卷　一

豐潤孫贊元襄臣甫編輯

遵化史恩培竹孫甫參訂

李及秀

字公愚，玉田人。順治三年進士，歷官河南巡按監察御史。

《玉田志》載：及秀聰穎，能文工詩善書。事母以孝聞。家貧，用常不給，躬率家人食蔬，而日必以一爩奉母。登進士，主政計曹，荆、魯之間多治績。代巡梁、豫，上百餘疏，人稱避①驄馬御史焉。

同張明府遊楸子峪

政有餘閒整屐裙，高山憑弔夕陽曛。爲因秋盡枝枝悴，何處春來葉葉殷。十載宦遊傷舊識，百年交道惜離群。紗籠自昔稱佳話，嬾向南軒覓故文。

---

① 《玉田縣志》無"避"字。

谷應泰

字賡虞，號霖蒼，豐潤人。順治四年進士，官浙江按察司僉事提學道。著有《築益堂詩集》一卷、《明史紀事本末》八十卷。

《四庫全書提要》：《明史紀事本末》八十卷，谷應泰撰。仿袁樞《通鑑紀事本末》之例，纂次明代典章事蹟，凡八十卷，每卷爲一目。當此書成時，《明史》尚未刊定，無所折衷，故紀靖難時事，深信《從亡》《致身》諸録，以惠帝遜國爲實，於滇黔游蹟載之極詳。又不知懿安皇后死節，而稱其青衣蒙頭，步入成國公第。俱不免野史、傳聞之誤。然其排比纂次，詳略得中，首尾秩然，於一代事蹟極爲淹貫。每篇後各附論斷，皆仿《晉書》之體，以駢偶行文，而遣詞抑揚，隸事親切，尤爲曲折詳盡。

《豐潤志》載：應泰貌奇偉，博聞强記。順治丙戌舉於鄉，聯捷成進士，授户部主事，陞員外郎。官兩浙提學，校士一秉至公，所拔皆一時知名士，先儒陸稼書即出其門。創立書院，浙人德之。

馬慧裕《築益堂集序》：先生詩意厚詞和，渢渢乎有唐之遺音焉。

游道場山①

丹岑連絶漢，金刹倚晴空。花散珠林雨，松迴古殿風。寒煙生樹杪，孤磬落雲中。尚有荒亭在，憑軒憶遠公。

南明山

洞壑何年代，亭臺一望遐。空梁危渡馬，古寺暗藏鴉。徑曲盤雲上，

① 道場山，原作"道山場"，據《國朝畿輔詩傳》改。

溪長帶郭斜。澗流芳杜氣，風落刺桐花。村樂驚山鳥，游驂亂晚霞。虎蹲谿逼仄，猿掛樹交加。蠟屐情偏遠，摩崖興轉賒。巖傾懸石乳，僧老飯胡麻。瑶草侵階短，瓊窗宿霧遮。何時容白袷，有地覓丹砂。坐歎征塵迫，春江理釣槎。

張坦公先生放鶴亭招飲

春風楊柳盡垂絲，湖海飄零對酒巵。忽憶彭城今夜雨，滿庭芳草鶴歸遲。

台州寇平志喜兼呈中丞陳公

傳聞横海捷書旋，夜奏明光玉几前。已見鯨鯢消島嶼，何煩鵝鸛下戈船。鐃歌入塞千山月，鐵甲歸屯萬井煙。不是王師無戰伐，孰令滄海盡堪田。

雕戈千隊啟前行，萬馬蕭蕭夜不鳴。北府重臣還授鉞，西京太尉特重征。風迴碣石軍聲合，日上扶桑海甸平。聖代勿煩東顧慮，早知充國在金城。

子陵祠

荒祠薜荔枕名泉，百丈江聲斷岸前。白水有人容把釣，青山何意畫淩煙。鳥啼曉霧雲中樹，雨細春帆天際船。石磴苔封難獨上，依稀惟見客星懸。

寄上聊城太保傅公

群公濟濟盛西京，獨領星辰劍佩鳴。玉几夜深獨聽履，黄扉秋静更論兵。十年舟楫當龍躍，此日澄清聽鳳鳴。拂拭一官滄海上，涓埃何以答昇平。

上鹺臺于侍御

六傳從天出未央，霜飛繡斧爛生光。親承宣室傳中詔，特寵蘭臺肅上方。東夏諸侯臨漢節，南陲百部統王章。登車千里澄清意，八使高名日月彰。

執憲薇垣法象傍，遥看青橐映飛黄。無勞少府開平準，已見均輸轉朔方。瀚海波清霜萬庾，春江風動雪千檣。使君若問燕山月，故里枌榆尚未忘。

張坦公擢少司空北上

樓船北指少司空，三月江南聽去鴻。謀國上書惟賈誼，救時入洛看温公。幸陪禄食旬宣久，悵望鶯花去住同。何日皇州春色裏，鳴珂紫陌一相逢。

國 清 寺

丹梯百尺擁禪扉，天外鐘聲落翠微。珠閣香煙晴不斷，蓮峰花雨晝長飛。霜清石露松杉老，水淺冰崖薜荔稀。一自金仙攜錫去，空留煙社倚斜暉。

題畫送錢黍谷年台應召大中丞入京

東風昨夜吹巖壑，萬樹橫披盡素萼。疏影橫斜月半昏，一聲鐵笛梅初落。幽韻清標畫更奇，暗香似渡錦江湄。即今移入調羹手，還念孤山共守時。

上王侍御二十韻

仙吏承明客，雄風上國英。璇霄秋劍動，銀海夜珠明。日觀騫威羽，天門擢秀莖。姓開江左貴，望叶岱峰崢。禮樂高東魯，文章甲上京。貂華陪屬玉，驪燭照蓬瀛。仙掌曾分露，金輿特賜羹。月臨雙碣白，風過五雲清。暫轉花磚影，還乘驄馬行。詞臣原柱史，學士寄干城。梓署馳霜簡，蘭臺肅隼旌。絳騶從日下，蒼珮自天鳴。賜履風雲壯，埋輪意氣橫。盡膺方岳職，兼揆校屯兵。百中搏秋翮，雙懸照火精。川原紛變色，渤海靜無聲。盛德簪金管，歌風播玉笙。登車澄水澈，攬轡碧岑迎。天子頻回眷，明公亟上征。大名垂宇宙，洪濟軫蒼生。

周體觀

字伯衡，遵化州人。順治六年進士，由翰林歷官江西參議道，著有《晴鶴堂集》十六卷。

施閏章序云：伯衡之爲人，坦直倜儻，簡脱聲利。言天下事，可否人物、文章高下，軒軒然必盡吐其胸中，無所俯仰。蓋立朝若忘其官，到官若忘其家。生平誦法杜陵，其所爲《令支道中雜詠》，似杜《秦州》諸詩。他若感時贈友，觸興成篇，真氣淋漓。殷璠之目浩然，所謂"半臻雅調，全削凡體"，其庶幾乎？

王漁洋《香祖筆記》：周伯衡外補九南道。與愚山同爲山西監司，又同年也，其風流好事略相似。有《過黄州》詩云："不見當年劉克猷，西風吹淚古黄州。舊時江路能來否，落日招魂古驛樓。"真不愧古人也。

從　軍　詩

烏嘑忽不樂，飆風何激蕩。黑雲如堵墻，戈船失回向。幕庭萬馬鳴，偏師已扼吭。血祭蚩尤旗，朱殷翻白浪。夜哭者國殤，隱隱冒兵仗。長箭不敢射，獵雪滿弓韔。平生書生氣，對之乃愈壯。請君爲楚歌，歌聲正悲放。

卑溼長沙地，窮年尚合圍。由來投放逐，今復戍邊圻。行役既飢渴，居處動遷違。關山道阻長，六親隔音徽。匹馬日南征，春燕復北飛。縱使附書至，亦難達軍麾。薄言無所控，何月予旋歸。自顧徒旅中，式微而式微。

舟中雜詠

我生匪兕虎，日與榛莽叢。胡爲乎遯蹟，竄身荆蠻中。去家數千里，音書久未通。衰老更無狀，亦無親故同。經年事行役，風雨一孤篷。無異在營窟，出入鞠微躬。户牖既不達，偃卧難爲容。敦彼獨寐宿，開卷眼瞢瞢。思昨瀖流急，幾從河伯宫。驚魄迷晝夜，憂心日忡忡。常恐死道路，愁然悲道窮。湘水亦北流，牟麥已芃芃。浮雲無終極，頫首羨飛鴻。

春流溢渠岸，掛席向江沱。匪直争上游，抑藉遠驚波。初擬此谿僻，尚寐真無吪。轉入煙火繁，茅茨蔭喬柯。嬲嬲插漁竿，籬落何逶迤。坐踏水車翻，飽聞田鼓歌。春深農務亟，樹藝趁時和。牧童更如畫，驅犢戲陽坡。好鳥關關鳴，亦各安其窠。樂土茲云適，行旅少經過。安知沙磧外，征夫行負戈。寄語避秦人，豈必託山阿。

遣興柬陳默公

離離江上橘，踰淮化爲枳。士不合時宜，異地亦如此。蹉跎良可惜，中夜四五起。久客失故交，白首多新恥。顧念同里翁，薰天富無比。垂老尚無兒，孳孳較母子。

百舌雖云巧，夏至亦無聲。寒號苟得過，敢與鳳凰争。逐客在窮途，相與食班荆。中山得二士，亦止繫羊羹。報施偶然事，故舊平生情。胡爲入流俗，炎涼若性成。

壕黍村

壕黍何年村，離離盡茅屋。居人百餘家，生事在樵牧。山田間可耕，種植惟黍穀。村北車箱谷，亂石雜惡木。村西溪水曲，溯洄白蘋澳。村東結園圃，折柳緣山麓。村南椒栗林，陰陰氣森肅。行人出其下，翠滴衣衫緑。村中兩茅店，所飯豆與粥。行人苟不早，半投村中宿。村老多白頭，村童半赤足。獨饒太古風，伏臘相親睦。

團子岡

東過團子岡，山谷何窈窕。群雉來飛飛，野鹿行佻佻。幽壑不可探，徑入青谿杳。中有茅屋人，散髮卧林春。種黍北山雲，採芹南澗濱。幽幽歲月晚，不識京雒塵。我欲卜其鄰，愧予非隱淪。感之重歎息，長歌懷苦辛。

嶺署栽竹

何者爲吾有，悠然任所如。仕遊苟清暇，何必南山廬。拓畦古牆陰，豈忍負雨餘。移取水東竹，栽植自勤劬。迴幹天力厚，冥根地靈虚。開窗見新緑，汎酒延鴻儒。便覺幽光生，入坐照琴書。即此得已多，遑計行與居。

塞　上

老夫荷戈四十年，昔時戰地今爲田。垂老無力事農畝，數隴却在陰山邊。生長兒孫苦不早，開種山田筋力小。雞鳴獨裹餱糧出，月下歸就邊城道。沙場白骨誰家子，我今收汝歸蒿里。白骨白骨識予不？先汝從軍後汝死。

季天中遣上陽

朝辭青瑣闥，暮宿白羊樊。去國三秋月，還家萬里魂。邱山臣子罪，滄海聖明恩。慈母如相念，縫衣寄塞垣。

季子投荒去，秋聲驛路催。焚詩姜女墓，跨馬令公臺。邊月悄還近，山雲凍不開。北風須問雁，或好寄書來。

望　盤　山

生事寄朝簪，年年憶翠岑。未逢黃石約，空負紫芝心。山寺僧多少，松谿水淺深。幽人閒結屋，何處照雲林。

贈陳伯璣移居

重開三畝宅，環堵正相宜。花落春城晚，人歸故國遲。鑑湖原自曲，鄰笛爲誰吹。獨踏庭前月，依稀授館時。

八月十一生日

遠宦逢生日，承歡慰老親。不禁南國熱，誰道阮家貧。一夏缺鄉信，百壺留故人。西征雖有賦，嬾去達平津。

萬里還家遠，窮年住此都。客來多勸酒，醉起自投壺。好月中秋近，寒蛩小院孤。去留無定日，但覺媿潛夫。

南州逢董清遠 清遠，予鄉同年也。令五臺，有惠政。棄官而歸，耕於蔚州

逢君南粵去，執手話江邊。京洛一爲别，燕雲復幾年。還躭桑落酒，歸種蔚州田。共説爲郎日，家貧不受錢。

秦留仙赴岳州兩夢見之

薄暮輕爲别，扁舟去渺然。干戈南國外，雨雪大江邊。信宿行應遠，

登樓望獨懸。春來能幾日，客夢益相牽。

再寄京書後作

去國三千①里，封書欲寄誰？杞憂方有淚，瓜及尚無期。湖雁歸飛急，春江曉漲移。獨將萍實采，問弔汨羅祠。

送郭方伯石菴回洛陽

寒雨秋江急，孤帆白浪新。何堪南浦路，重送洛陽人。宣室虛前席，旄邱老逐臣。可知相別後，獨旅益傷神。

別程士哲

怱怱忽分手，尊酒暫相寬。前路杳無際，浮雲良足歎。素交零落甚，歸棹雪霜寒。幸見彭躬老，爲言惜別難。

次欒城

久客忘留滯，長歌發興賒。春風飛海燕，虛館放山花。馬渡垂楊緩，

① 千，原作“十”，據《晴鶴堂詩鈔》改。

巾隨落日斜。孤城復何處，向暮一吹笳。

寄姜滙思

今日論交道，誰如[1]侍御深。一行向歧路，萬里背知音。庾嶺下鄉淚，楚猿來夜吟。不堪從瘴海，煩促故人心。

人日次徐州

泗上逢人日，長亭許更過。春雲回白首，客夢渡黄河。舊俗淮南異，前賢沛國多。至今小兒女，猶唱大風歌。

郢上即事

漠北傳呼萬馬來，一船兩槳敢輕開。即今暫泊劉郎浦，何處還登庾信臺。蔽日旌旗推衛霍，哀時詞賦動鄒枚。龍鍾似是投荒客，歲暮囊空短髮催。

---

① 如，原作“知”，據《晴鶴堂詩鈔》改。

晚次安陽

萬里歸途此再過，十年衰鬢付蹉跎。愁隨匹馬秋風緩，行近孤城暮角多。隴樹蒼茫連鹿苑，銅臺蕪没傍漳河。兒童不解遺墟恨，猶唱油油麥秀歌。

答唐豹巖檢討

老眼逢君倍覺明，相親如弟復如兄。西園已賦十年别，南浦何堪萬里情。羈宦久傷劉夢得，傳經獨羨鄭康成。從過彭蠡常回望，煙水重重隔舊京。

憶昉兒

憐兒年少事浮名，萬里鄉關只獨行。久客諒無開卷日，遠遊應念倚門情。漁陽驛路經春雨，浦口江帆計水程。董賈有文能細讀，不須惆悵在諸生。

酬胡悦之見寄次韻

老向南州廢檢稜，獨將風雨寄高朋。閒居漫作論文飲，退食渾如苦行僧。江上看雲驚旅雁,厨邊分火續書鐙。十年留滯歸期晚,不謂尊鱸媿季鷹。

旅館桐花葉漸稠,故園書問隔邊州。堂前舊雨催巢燕,夜半長歌憶飯牛。客路萋萋芳草細,春江渺渺小山幽。思君病渴須蓡术,竟答空函寄遠愁。

和宋大中丞龍泉韻

萬斛泉流瀑水頭,繞泉石檻方如甸。遊人橋上倚欄杆,水底照見遊人面。澄泓只可數魚蝦,解衣欲濯冠纓茜。昔年水涸尚無松,此日泉清松又蒨。凍雲夜流接寒煙,海日朝浮澄素練。亭榭參差相對開,泉水交流分兩院。從來塞上少江湖,而况池館如斯善。報道中丞退晚衙,壺榼從容野人宴。纍纍高塚不學仙,何堪復聽伯勞囀。哀我浮生何處來,春去花殘飛一片。誰拂簾幌作公卿?誰關籬落成貧賤?南柯一國驀相逢,儂换貌皮來幾徧。不知蝴蝶是莊周,黄粱却爲盧生餞。

李維斌

遵化州人,總兵君賢之子。廕生,六品京員。

王宫人題湯泉句用原韻奉和 明武宗宫人

原詩云:滄海隆冬也異常,小池何事暖如湯。溶溶一脈流今古,不爲人間洗冷腸。

題詠靈泉盡泛常，獨教一絶重温湯。鬚眉讀罷應心折，輸與宫娃有熱腸。

刺史劉公改堡子店廢寺爲行館，過客便之，偶題

向是烽煙地，今成熙皞鄉。更逢賢刺史，爲展舊禪堂。室邃冬常燠，軒高夏亦涼。往來容憩息，一枕到羲皇。

曹鼎望

字冠五，號澹齋，豐潤人。順治十六年進士，由翰林歷官陝西鳳翔知府，著有《楚游集》《新安集》。

吴看山《邑令傳》：澹齋父繼祖，官别駕，生七子，鼎望其一焉。弱冠，補博士弟子員，甲午舉於鄉，己亥成進士，授庶常。世祖章皇帝以時召對，恩遇優渥。既而改授秋曹，請停嚴冬遣犯，豁逃人連坐之冤，決疑獄甚多，曹中稱其能。丙午典試三楚，所拔多孤寒之士。明年出守新安，協計勦婺源山賊，平之。辛亥大旱，賑粥，活飢民甚衆。捐資刻《朱子綱目》《新安文獻志》等書。日召諸生講學於紫陽書院。嗣以不能事當路，奪職。旋起爲廣信守，整頓殘破，招復流亡，請兵籌餉，勦賊寇江機、楊一豹等，復請蠲七年逋賦。以憂歸，復起爲鳳翔守，開墾蕪地，寬減科條，請停防漢更番兵馬，修橫渠祠、喜雨亭以勵後學，郡中稱治。丙寅，以老乞休。邑令羅景泐屬修邑志，多所考核，爲一縣信史。卒年七十有六。

《紅豆樹館詩話》：冠五妙諳墨理，自製墨有玻璃光、掌珠、書畫舟、天保九如諸款識，背有"曹冠五藏墨"字，下刻"澹齋"印。其刻"瘦菴"印者，公子鈖所作也。皆擣曹素功墨數萬杵，重和佳料製成。衹供自用，間以貽人，無市心，視方于魯、羅小華不知何如。要其陶鍊精緻，非黟、歙墨工所能及。

石 照 山

曉出玉郭門，渡溪復越嶺。茂樹欲參天，盛夏翻清冷。幽壑隱禪關，隔斷塵千頃。側見古亭邊，石照傳奇景。翠峰危以特，壁光闇而炳。詎止鑑鬚眉，羅列山河影。惟空故生明，惟静乃能永。昏昏行役者，胡不發深省。

小 墥 寺

楚天黄葉暮，禪院白雲封。徑僻宜乘興，亭留爲勸農。亂篁迷小墥，斜石倚孤松。久坐從僧話，林端送晚鐘。

漢口别舍弟

汝從燕馬去，余向楚州來。歸夢隨江水，離愁入酒杯。暫分鴻雁序，先到鳳凰臺。有約遲冬杪，齋頭看臘梅。

斗山亭同人夜集

樽前一嘯晚煙空，王謝風流定屬公。人擬琴書六水上，亭圍山影半天中。紫簫吹處襟懷闊,青眼開時意氣同。潦倒不辭今夜醉,舉頭明月掛疏桐。

江　月

雪盡群峰出,江空一月浮。清光流不去,偏照異鄉愁。

黄州雨泊

濤湧千層雪,江飛萬縷煙。雨餘山欲暗,赤壁夜停船。

東郊别業四松

四松如高士,卜築依佐佑。翠蓋籠階礠,涼颸生户牖。我來坐其中,滌盡心舌垢。舒目上層臺,岳峙而川走。發興賦新詩,開襟酌大斗。倦羽不思飛,愛止是林藪。策杖時相過,儼然成五友。秋蟬咽高林,白雲幻蒼狗。悠然遠市囂,漸覺空諸有。

劉熙齋别業

花護幽齋草護庭,先生獨坐一簾青。有時細玩山川態,無事閒翻道德經。方外論交來老衲,籬邊移菊向空亭。於焉已是柴桑里,可許王宏共醉醒。

曹　牧

豐潤人,順治庚子舉人,官廣西富川知縣。

城西别墅

我有西郊園,栽花無餘地。載酒時相尋,敲詩只自記。一酌赤我顔,再酌適吾意。連綿三五酌,林木如相謂。可知醉鄉中,能忘身世事。

唐壽朋

豐潤人,康熙庚午舉人。

靈　泉　寺

杖履來山徑,蕭然澹所求。苔衣鋪殿角,雲帽罥峰頭。山迴晴含雨,禽喧鬧作幽。紅塵飛不到,片刻是瀛洲。

西水頭和韻

一徑逶迤破曉煙，癖躭山水挤成顛。危峰乍缺雲來補，峭壁將崩葛欲連。谷答鳥歌山按板，葉留蟲篆樹呈箋。却憐朝市繁華甚，輸汝僧窗日晏眠。

魯 璠

字荆什，豐潤人，貢生。

靈 泉 寺

幸有靈泉可静栖，芒鞵竹杖自堪攜。花簪峰頂形如髻，雲接山腰勢若梯。荒碣數行存廢寺，奚囊半帙盡新題。依稀不辨歸來路，樵徑微茫醉易迷。

登豐臺天尊閣

傑閣俯層霄，登臨向日遥。雲流雙檻外，人語半天腰。北望燕山雪，南瞻海國潮。漁舟開晚市，鐙火雜平橋。

谷元調

字士和，豐潤人，康熙九年進士，官河南寶豐知縣。

《豐潤縣志》：元調七歲而孤，母徐夫人紡績教之。未冠遊庠，試輒冠其伍。通詩古文辭，尤精書法。順治丙戌舉於鄉，庚戌成進士，房考書其闈牘曰："五策博洽淹貫，古奏議殆不是過。"令寶豐時，興利剔弊，課士勸農，民甚德之。在任病故，貧無以殮，縉紳父老出貲轝其柩，乃歸。著有《四書易經疏義》藏於家。

世德堂紫牡丹

掩映珠簾富貴叢，邊城四月鬬春风。魏家已占西京後，粉白何須一捻红。

過魏大年西莊

處士山莊古臥龍，西郊一帶水雲重。閒將墨汁千尋汲，好對鑪煙四壁封。琴上絃高歌白雪，杯中酒熱淬青鋒。幾回欲過司空塢，君著芒鞵我杖笻。

唐居仁

豐潤人，貢生。

燕　　山

萬里龍沙路，逶迤此地過。陣雲東去盡，煙雨北來多。掌上山城月，襟前瀚海波。昇平何所事，扶醉望青螺。

魯　璣

豐潤人，諸生。

遥黛山莊

歸隱高懷卜小村，屏山曲水護柴門。庭中自喜孤松直，户外群推五柳尊。雅比逋仙調鶴子，興逾狂客嘯龍孫。箇中佳趣憑誰識，只有風痕共月痕。

魏元樞

字臞菴，豐潤人，雍正元年進士。官山西汾州府知府，著有《與我周旋集》十二卷。

薛宁廷傳略云：元樞少委身於學，扃户讀書，縱覽數千卷軸，探古人奥赜。方棨如宰豐潤，奇其文，拔冠童子軍，充博士弟子。雍正元年，春、秋兩闈皆捷，授河南靈寶縣令。涖任月餘，特旨送部引見，以主事用，補兵部武選司主事，調刑部。勵精奉職，折獄多平反，上嘉之，特賜樞一人珍果、香葯。十一年，由員外遷江蘇司郎中，會争一獄不能得，乞假歸里。上聞，召之，限日行六百入對，獎諭以辦事勤慎，不肯隨人俯仰，使復其官，而堂上官已降謫。乾隆三年，授寧武府知府。府固新改，即請創寧武廟學，起鶴鳴書院，延師課士，士風立變。又請祠祀明死事總兵官周遇吉，以勸忠義。攝同關同知，兼署雁平道事。十一年，蒲州屬廣靈等三邑飢民聚衆脅官，起大獄。大府檄往查辦，或勸設衛，樞曰："此飢民耳，非叛也。"竟以單車往，諭以禍福，開倉賑之，活者數萬人。調汾州府，積案數百，月餘皆結。仍修西河書院，祀先賢卜子。明年，以原官致仕，卒年七十有三焉。

狄梁公墓

天不厭唐祚，巍然生梁公。頹波屹砥柱，萬古仰高風。上下數千載，忠義見英雄。漸積移國運，興亡調不同。委曲終有濟，斡[①]旋轉虛空。曾無動聲色，奸讒計已窮。宵小弗能賊[②]，制伏若鬼工。天后任驅使，狡黠成癡聾。絶不知艱險，王臣故匪躬。玉步還舊物，房陵竟返桐。聊似遵時晦，已覺闢鴻濛。身名兩俱泰，嶽嶽燭蒼穹。荒碑臨古道，長照夕陽紅。盱衡憑弔處，百世精神通。

寧化堡

兩山夾汾水，逼仄勢如削。雉堞俯深谿，惴惴插危脚。斗城鑿雲根，未夕日已落。峻勢勞攀援，尖徑滑飛雀。背水不可陣，當關自束縛。不知宋室意，何此置郛郭。將却無敢戰，踞險耐慚怍。縱敵恣長驅，收保藏寂寞。我增弔古慨，登陟感蕭索。歎息俯頹墉，於今廢鎖鑰。雲深夏尚寒，

① 斡，原作"斡"，據《與我周旋集》改。

② 賊，原作"賦"，據《與我周旋集》改。

地磽賦仍薄。亦有詩書彦，願學溯伊洛。比户傍巖岫，樵汲歸雲壑。咄咄堡中民，有如居劍閣。

勸農回郡再過鸑橋諸村

看山了無盡，畫圖任舒卷。春煙入緲冥，細流涉清淺。奇峰訝變怪，馬首迎石轉。雲出幽徑滑，斑駁歷苔蘚。陰晴不可測，嵐光幻幽顯。巖巔間綠紅，太古遺籀篆。遠壑嘯長風，高原陟絶巘。正疑境逼仄，空曠得平衍。行行到關城，雲煙戀紱冕。

陽 方 口

寒澗漲春水，沖激荒城下。蟄龍窟其間，洄洑吐石罅。直鑿危垣落，中流湧長壩。沙磧立春鳥，微徑頺雲榭。炊煙點層霄，晨星明已乍。條風從東來，吹面如鏃射。落落墟里人，寥寥若冬夜。嗟哉昔雄邊，名城震夷夏。南登槖邏臺，憑弔生歎咁。太平良已久，邊防人所詫。

登無梁閣

一峰何處生，插地如邱阜。千仞根焉託，直從鼇背負。崚嶒高未極，中涵造化久。伊是何年人，建閣摩星斗。墱勢並倚天，俯看雲霞首。登臨四望開，惟與絳霄友。南極瀟湘目，萬里可招手。北眺百二城，雄關懸臂肘。左右指虚無,日月穿户牖。長嘯動天地,沆瀣入吾口。何須問蓬萊,大觀能不朽。

曉發山陰之應州

午夜星軺遠,清霜結綬花。有田皆斥鹵,無地可桑麻。馬飲長城窟,人吹蘆葉笳。壯遊良足慰,乘興度龍沙。

齋中偶成

風塵勞勩笑成虚,三徑雖荒有敝廬。揩紙偶然臨碎字,開函隨意檢殘書。窗摇花影翻新樣,月透簾紋印舊除。無限流光容領略,好憑清夢到華胥。

癸丑除夕

爲惜良宵欲款留,醉餘清興滿皇州。人雖見老神猶主,官不邀榮世少尤。好古每慚窮萬卷,捫心何事可千秋。堂堂歲月知難住,細檢行藏當酒籌。

周西畇歸養 送友人

楚客燕人各一天，相憐别調共纏緜。半生拙宦貧如洗，萬里歸舟夢亦仙。已沐殊榮依子舍，饒將清望奉高年。秋風多我蓴鱸興，一曲驪歌意惘然。

早發榆林歸寧武

和會村東望早霞，又催車馬度平沙。不知何處飛晴雪，疑是巖梅落凍花。

天　宫　寺

天宫古刹隔煙村，曲徑通幽到法門。樹裏鐘聲疑上下，雲間墖影失朝昏。龍蟠寶柱無花雨，石卧荒原有慧根。忽過化城聞戒律，令人却憶給孤園。

李翔鱗

字古愚①，遵化州人，雍正甲辰進士，官江西信豐縣、山西長子縣

① “古愚”原缺，據《國朝畿輔詩傳》補。

知縣。

弔趙節婦

明末亂離年，黑山恣馳突。淳風日以漓，士夫鮮完節。矯矯閨中姿，肝腸厲鏐銕。所天喪於兵，矢死心不越。撫孤作未亡，辛苦備嘗閱。志行動鬼神，冠裳漸成列。睠此冰蘗心，輿情共蘊結。賢牧採風謡，烏府昭華楬。况有賢子孫，黽勉揚先烈。坊表仰遺徽，光照並日月。

遊禪林寺

蕭寺山深處，尋幽興未闌。松高堪鶴止，槐古儼龍蟠。道豈天人隔，禪惟性理看。老僧參未徹，欲與破疑團。

卷　二

豐潤孫贊元襄臣甫編輯

男秉章、倬雲校字

吴　炯

字清夫，豐潤人，廩貢生，官州同。

吴侍御廷溥《先曾祖行略》：公慈和儉樸。雍正初，佐怡賢親王、陳學士儀、王工部鈞勘議營田，以州同督理本邑水利營田事。邑城南一帶圩田種稻，溝塍壤接數百頃，修復濬導，多所經畫，村農賴以饒裕焉。

露

玉樹唐文誤，金莖漢武愁。併將今古意，寫入淺深秋。潤偶凝桐乳，乾仍悵草頭。千齡延沃野，天酒共誰酬？

魯克恭

字伯敬，豐潤人。雍正七年，與弟克寬同榜舉人。官浙江秀水、遂安知縣，著有《野鶴山人詩鈔》。

湘南彭廷梅序云：伯敬之詩元穆靈秀，雄渾高華，駕盛唐而淩晉魏。運化筆端，多藉六經、二十一史以成之。且聲音之道與政治通，遂、秀兩邑之聞其音者，胥化於善，皆伯敬之五音克諧、性情端格有以開導之。

園亭閒眺

喜茲嘉樹林，煙景無時缺。花醉滿園春，月坐一亭雪。花月方淡然，我心自怡悅。解帶任清風，悠然忘言説。

宛在園

少志躭林泉，結伴緣溪路。一線跨危橋，神怯少安步。適見宛在園，伊人去何處？徑轉百折曲，河流三面足。千重楊柳風，萬點桃花雨。香飄上客衣，苔滑浸芒屨。犬豕不聞聲，禽鳥自來去。清境快一逢，披對豁襟素。

行路難

江南有鳥名薄杜，生不北翔離故穴。嶺南有鳥名秦吉，不重金錢表壯節。嗟彼遊俠子，胡輕御雨雪。行行重行行，生離勝死别。從來丈夫貴遠圖，没身牖下非豪傑。仗策行出門，他鄉無一悦。長鋏不可彈，朱門不可謁。登樓王粲色淒涼，懷刺禰衡字漫滅。行來四海歎空囊，無計乞靈向禿鐵。山有虎狼水有波，魍魎魑魅森成列。怪我窮途哭未休，竪毛瞋目怒交謵。嗟嗟自古行路難，羈人聽此應愁絶。

理　齊　居

學道明至理，寢跡且齊居。花卉喜清韻，草木翦荒蕪。譬如文字妙，神韻貴蕭疏。又如擇交道，損友宜屏除。率性畏逼窄，曠焉眉宇舒。偃仰愜幽況，誰云非吾廬。

春　雪

春眠尚未足，霰氣檐前度。乍聽聲闃然，徐聞水相注。捲簾亂飛來，老徧園中樹。舞時態何綺，舞歇香猶住。此味沁心脾，好伴梅花乳。公子復丰標，淩空兩白鷺。

寄潘偉修孝廉

隔山山不高，隔水水不深。山水自渺渺，懷君空有心。亭閒闃無人，明月掛高林。髣髴見髯美，履綦不可尋。斗酒有異香，孤桐有好音。不見玉山頹，誰復理瑶琴。

讀史有感

賈誼早逢時,放逐歎浮沈。馮唐晚通籍,枯槁亦已深。遇合不一轍,窮達無二心。權術取卿相,齷齪非所欽。志既與時左,高眠聊醉吟。醒來讀奇書,時復彈我琴。世多鍾子期,安在無知音?

螢火

未能傍日暉,空負好容輝。天地何曾暗,文章已洩機。定因埋久照,故爾發光微。縱使秋風盡,肯同腐草飛?

促織

賦形殊瑣屑,得勢在秋陰。露冷宵聲合,時窮殺氣沈。志雄忘質脆,命賤爲恩深。寄語沙場子,還應愧此心。

侵晨即目

景物新如此,幽然興不窮。池飛雙鷺雨,柳帶一蟬風。竹露團來翠,榴珠迸出紅。何期林野趣,都在小亭中。

韓信釣臺

垂釣同嚴瀨，高風屬後來。假王空自大，真主豈無猜。走狗論功業，藏弓失將才。涕零淮上士，匪直爲韓哀。

中秋坐月有感

月下聯肩弟與兄，佳辰兒女最關情。他年若解別離苦，今夕不將梨棗争。

贈十三齡五經張秀才

少小工文悟上乘，探囊破冢[①]一殘鐙。佳兒漫説孫征虜，也占經樓第二層。

東漢

重興東漢事繁難，平步高天萬里寬。貴易中宫婚禮廢，貧憐漁父水雲寒。卯金有劍誅奸莽，炎火無光炙老瞞。可惜御龍支派好，緣何亡國産

① 冢，原作“冡”，據《野鶴山人詩鈔》改。

靈柩。

僞周武氏

作俑司晨吕雉倡，老狐白日竟當陽。花推蓮萼人同貌，裙愛石榴自檢箱。武后有“開箱檢取石榴裙”之句。討罪曾煩徐敬業，憐才尚感駱賓王。陰扶唐室功爲最，游戲乾坤一狄梁。

後五代

朝朱暮石轉如輪，密密一環復一循。僥倖竟能登帝座，蒼茫何德入黎民。繁華眼底五花馬，富貴夢中三月春。世掌綸扉保安樂，馮家老子是頑臣。

蠹魚

馳驅四庫儘無遮，未許鰥生富五車。避害篋筒留隙地，潛心經史禁浮華。案頭黄卷供枵腹，架上青箱果世家。學飽忘機輕儉歲，不甘逐臭委泥沙。

落第

棘闈戰北又空歸，嗚馬蕭蕭送落暉。詎有高文通帝座，衹將清淚溼征衣。幾枝春杏臨風晚，一片冰心向日微。負劍囊琴甘自棄，不關調古賞音稀。

扶摇久未出風塵，落拓依然草莽臣。犁硯作田艱化雨，紉蘭爲佩强禁春。問名誰是相憐者，顧影真成對泣人。駒隙光陰容易過，思量身世費逡巡。

迍邅與我量相當，日日登樓入醉鄉。不計難兄居下第，反憐弱弟慰高堂。儒官已盡寒氈況，家食仍難苜蓿香。書債不完耕未得，山林廊廟兩茫茫。弟本科捷南宮。

除夕

天帝非常醉，其然豈不然。今宵歌燕燕，而我泣連連。失怙纔三月，靡依已二年。椒盤吾有恨，無計向黄泉。

張應楸

字松巖，玉田人，雍正十年舉人，著有《佩蘭齋詩集》。

《玉田志》：應楸博通群籍，殫心詩賦，有雜詠、傳奇、《佩蘭齋集》并行世。

春日偶成

淡雲疏雨過春城，流水桃花若有情。岸柳豈從今歲緑，林鶯不是去年聲。狂歌拚惹兒童笑，酣睡偏宜午夢清。聞道西征車馬好，長安無復羽書驚。

龍山寺

古寺森如畫，青蔥繞四圍。松濤涼作雨，花氣暖生暉。野鶴冲雲下，山僧帶月歸。幾回凝遠眺，惆悵落霞飛。

無終丹竈

邃谷懸厓一徑通，丹鑪猶隱翠微中。山腰苔絡生雲石，洞口泉轟落木風。塵事百年須有盡，仙蹤萬古信無終。何當留却長生藥，徧餌凡胎御太空。

董榕

字念青，號恒巖，豐潤人。雍正十三年拔貢生，官江西贛寍道，著有《浭陽集》十卷、《芝龕記傳奇》。

《紅豆樹館詩話》：恒巖歷守金華、南昌、九江諸府，所在多惠政。公餘延禮名士，提倡風雅。時蔣心餘太史尚未通籍，恒巖招與游讌，深相契合。常取明女總兵官石砫司土司秦良玉、游擊將軍沈雲英勦賊事，譜《芝龕記》樂府，以《明史》爲經，雜採諸家薈説緯之。蔣苕生太史題詞云："降旗獵獵走蟲沙，不見宗爺與岳爺。畫取美人名馬像，寶刀如雪滚桃花。督師衮衮少長城，養賊寧南死負君。可惜官家相見晚，中原誰及女將軍。豈有摩崖片石傳，讓人開國畫淩煙。紅顔不具封侯骨，合向蓮花證上仙。滕王閣下騎如雲，巾幗真宜贈領軍。曾向空江弔蓮舫，怒濤嗚咽不堪聞。空勞詞賦動江關，下第仍從塞雁還。棖觸平生忠孝淚，一聲牙板一潺湲。"

袁枚《新奇①諧》：董恒岩太守丁太夫人艱，送柩歸里，途次滕王閣，泊舟其下。入夜，舉舟驚訝，不知公之所往。凌晨尋之，得自逆流而上里許，端坐沙渚，白衣麻練，面目如生。適有僕自九江歸，告以九江士民爲公立生祠。而公落水之日，即公入祠之日，抑又奇矣。

九日同張西園登撥雲峰

好是登高節，來穿霧窟行。雲盤千磴仄，秋逼兩峰清。有寺藏蓮瓣，何人採鞠英。僧雛能解事，歷數上方名。

江都相宅懷古

經術匡靡俗，驕王重保衡。試詢叢桂醼，何似竹林清。東閣賢空老，西京治未成。至今宅畔柳，蟬噪恨難平。

---

① 據袁枚《子不語序》，"奇"應爲"齊"之誤。

再宿真州

舊渡悲龍馬，驚濤想佛貍。江城三楚接，煙草六朝悲。梵寺空今古，長亭管別離。玉沙猶昨日，漁笛倍淒其。

謁延陵季子祠

蠻鄉誰可外，濁世爾偏超。讓國同周伯，博文邁鄭僑。蒲森疑掛劍，松韻類聞韶。歎羨江陰墓，只須十字標。孔子題曰："嗚呼！有吳延陵季子之墓。"

甘露寺

蕭公題榜處，孫氏舊遺封。事去留長院，人來策短筇。禪心三島月，詩思一樓鐘。怪我神遊境，方於是日逢。

朱仙鎮謁岳忠武祠

歎息黃龍酒，空煩白馬師。地偏多北轍，天不護南枝。臂刺山河痛，心傾日月悲。玉津歌舞處，依舊汴流澌。

哭鄂西林夫子

送别江干聽遠鴻，瞬時絶域奏膚功。正看綸閣歸先席，誰料沙場作鬼雄。殞渭星辰追漢相，淩煙毛髮對褒公。生平風義原千古，無那銜碑痛不窮。

炎嶠平蠻舊績存，春宵走雪過巴坤。已能滅食標銅柱，竟不生還入玉門。种氏威名青澗晚①，范家兵甲夏方尊。犁庭後死知何恨，笑侍先生②報五原。

琵 琶 亭

達人亦復感天涯，兼濟襟懷望闕遐。方伏螭頭陳諫草，忽隨鶯語泣江花。神歸兜率亭留渚，筆落蓬萊月印沙。似訴平生公自語，何曾真箇聽琵琶。

贈 王 逸 菴

恍然江左見風流，千里中原紀壯遊。老筆縱横追序閣，高懷跌宕過登樓。賞奇舊雨招新雨，制勝詩籌壓酒籌。同研故人慵贈答，艸堂何必浣

① 晚，《涇陽詩集》作“曉”。
② 生，《涇陽詩集》作“臣”。

溪頭。

讀《金立我詩集》有感

造物何心也忌才，遺編萬首總堪哀。空留慧骨埋燕隴，不返幽魂上越臺。招隱無詞巖桂老，吟騷有淚澤蘭開。典型雖在人安往，惟向琅函奠一杯。

晉　楸

典午年遥老樹留，槎枒獨立壯千秋。散材不向華林植，閱世應無謝墅愁。五柳可同稱處士，三槐莫並傲王侯。摩挲喬木歌休息，慨歎衣冠成古邱。

張華宅

故宅煙寒草色中，行人誰弔晉司空。千秋博物名猶擅，一代憐才意獨隆。多少圖書銷劫火，蕭條華表泣秋風。猶疑劍氣冲牛斗，浩浩桑乾渡遠鴻。

廣陵雜感

煙花佳麗繞邗溝，廿四橋邊月自浮。瓊蒂已從隋苑老，笙歌猶戀杜亭秋。六朝風雨吹鄉夢，三楚雲山宕別愁。莫向蕪城懷舊賦，淒涼明遠倦登樓。

栖靈鐘鼓暮煙浮，今古繁華感逝漚。寒荻一江迷舊壘，垂楊千縷映高樓。空悲翠輦躭瑶瑟，漫把金樽弔玉鉤。獨有歐蘇吟賞地，平山逸興足千秋。

笳　騷《古柏堂樂府》題詞

曠世才留焦尾琴，胡笳哀怨有遺音。新騷檃栝興平歎，譜出當年續史心。

虞　兮　夢

不將成敗屈英雄，舞草猶含蓋世風。一自龍門標紀後，千秋知己又陶公。

題扇頭《怪石老樹翠竹圖》祝穎公老人

老樹槎枒，怪石玲瓏。花開鐵幹，風透空棋。呼之爲叟，拜之爲兄。竹孫猗猗，草子青青。如如不動，色色皆空。我聞如是，曰惟穎公。

讀《有懷堂集》次用漁洋《寄牧仲贛州》韻

昭代重韓文，景陵曾視草。煌煌大制作，斗柄指天曉。頓驅蒙叟塵，清風映然埽。六經入手明，至道會心早。章疏秋陽輝，雅頌晴霞杲。國初諸鉅公，僑札榮紵縞。詩古文光前，詎獨制義好。五子研其精，二氏不能擾。大法光九疇，峻卯迴雙鳥。① 天池千葉蓮，太華接仰眺。故笏衍甘棠，淵源似君少。遺我琳瑯函，拜誦鑪香嫋。

上大中丞延弢甫先生主講濂溪書院，既得請，口占志喜，用《衡嶽集》中《疊昌黎韻舟次》奉寄

理學通籍惟桑公，伊昔倡道梁園中。鐘鳴大將風雅振，鼎盛不僅科名

① 《洹陽詩集》此句作"大法光九疇，峻卯迴雙鳥"，後有注云"皆公詩中語，與昌黎同"。大法光九疇，韩愈《雙鳥詩》作"大法失九疇"。

雄。健筆劚嵩[①]闢雲牖，淩青問白真源窮。四年遠結蓬池夢，泠然萬里俄乘風。書堂預題須友句，豈非數定神爲通。四亭方架四嶽轉，璆璆仙珮來高空。把袖急索一編讀，搔首天柱捫昭融。心佳山水腕抒寫，宜居無極翁遺宮。此地陰翳六百載，陡見日出扶桑紅。講易説詩若流水，諸生悦服俱由衷。更憶煌煌天語重，踐履以實行以躬。上宰相書固無有，獻大禮賦尤難同。括五嶽翠主廬嶽，淵源伊洛宛始終。非吾預識寧得此，要亦不敢貪天功。款名師屬此邦幸[②]，中丞書報光朣朧[③]。春風絳帳漫思越，滄海即在東峰東。

柏尖山龍潭瀑布歌

柏尖龍潭神且靈，未至數里聞雷鳴。緣溪渡彴抵祠下，再拜像設瞻精英。盤繞祠後降絶磴，始見怪石與水争。谽谺穿走競鏜鞳，忽現萬疊琉璃屏。偉哉神龍何狡獪，大鋪壯觀酬蠲誠。洞門深邃煥金碧，珠簾中掛真瓏玲。左矗盤虯白玉柱，右垂舞鳳青琳楹。萬斛璣琲灑咳唾，千匹雪練揚旗旌。投壺飂飂銀箭激，蹴鞠滚滚晶球升。天漿不斷傾羽觶，大白無算飛瑶觥。鯨魚鏗鐘代鼉鼓，雲虡擊磬敲皋鉦。陽侯下熾萬鈞冶，烹鑄鼎沸煎瓶笙。異響都兼成巨響，衆聲咸寂尊洪聲。更有餘波散綺麗，銀花倒噴星橋明。玉屑陣陣因風起，拂面徹骨神明清。方悟山水奇至此，結搆何代開巖坰。朱侯攜尊暢相飲，恍若宴我鈞天庭。聞説往年祈靈雨，膏流萬畝穫豐盈。今年大有不待禱，兹遊歡洽逾平生。酒酣散步又縱目，大缶巨甕多盆

① 嵩，原作“蒿”，據《洹陽詩集》改。韩愈有句云“劚嵩開雲扃”。

② 幸，原作“宰”，據《洹陽詩集》改。

③ 朣朧，原作“朣朣”，據《洹陽詩集》改。

瞿。毋乃山靈釀酒具，以醉遊者不令醒。眼前忽又濺飛瀑，處處吹灑若解酲。洪泉清徹比君子，當其静處常淵渟。一遇奇境動則變，盤錯磊砢偏峥嶸。緊余本抱泉石癖，徘徊不覺含癡情。一笻遂此待山月，浮雲世事忘歸程。

九　慷 有序，選四首

袁裒云："俗厚喜豐登，氣俠存慨慷。"時際昇平，邨多報賽。偶聽鄉人樂神之詞，仿而衍之，未能免俗，聊志土風云爾。

陳　酆

謹按：高辛氏娶陳酆氏女，曰慶都，生帝堯。今畿南有邑仍堯母之名，有廟焉。或曰豐潤有陳宫山，疑陳酆故都，其南有唐山云。

青鶴兮來鳴，時逢兮太平。日華兮雲燦，日出滄海兮雲自陳宫。大帝女兮三河東，匹高辛兮①光祝融。内佐兮康德，作歌兮六英。考鼓兮椎鐘，擊磬兮吹苓，天翟舞兮鳳皇鳴。龍負圖兮受天祜，鳥庭荷勝兮久而乳，豐上鋭下兮好眉宇。黄收純衣兮彤車白馬，蓂莢生庭兮廚生箑莆。按時兮奉神母。醊進福兮上壽，年長豐兮露甘於酒。獻糲粱兮藜羹，葺茨茅兮階土。日麗壤兮耕以鑿，雲覆衢兮歌且舞。望伊祁兮樂康，頌唐山兮容與。

① 兮，原作"氏"，據《湮陽詩集》改。

紫雲仙

范陽女子邊洞玄幼而高潔，仁慈好善。每霜雪凝沍，鳥雀飢栖，必求米穀餵之。性至孝，及笄不嫁。奉父母旨甘，大故後爲道士。久之，得大還丹，服之飛昇樓上，太守曁遠近人皆禮謁焉。洞玄告衆曰："中元日可來相别。"衆乃致齋。七月十五日，天樂齊鳴，紫雲縈繞，洞玄升天而去。守具以聞。是日，唐明皇居便殿，忽聞異香紛郁，有青童四人，導一女道士進曰："幽州女道士邊洞玄也。今日得道昇天，來辭陛下。"詔問幽州所部，馳奏符合，勑其觀爲"登仙"，樓曰"紫雲"，校書郎王端爲之碑以記之。今燕俗婦女上元、中元俱拜紫雲仙云。

鳥何萃兮蘋中，紛若綺兮翔風。群環擁兮紫鸞，有仙子兮高乘。仙子家兮范水陽，勤紡績兮孝耶孃。感烏鳥兮反哺，益致謹兮椒漿。東鄰姝兮請期，西鄰子兮于歸。媒徒勞兮不嫁，惟父母兮是依。何以娱親兮廣親慈，飼庭雀兮閔其飢。歲月久兮百雀知，鳴以導兮舞以隨。對此景兮親心樂，愿群生兮同此雀。念萬物兮皇天仁，是亦政兮不願中郎爵。春勸酒兮提壺，夏布穀兮舂鋤。秋繞樹兮銜蘆，冬守巢兮畢逋。助承歡兮護花，伴侍疾兮搗藥。終控駕兮爲驂，復銜土兮覆槨。女力竭兮毁且瘠，遂絶粒兮羽衣白。動皇天兮念久謫，命召之兮華表客。化一叟兮詣女院，叟言女兮好行善。賣藥丸兮大還丹，詢丹值兮五十萬。嗟女貧兮何致兹，叟太息兮無訝爲。三十年兮飼禽鳥，即此足兮抵藥資。開布囊兮令探取，先三丸兮易腸腑。更一合兮如錢，有金丹兮少許。如桃膠兮桃子香，汲井華兮調以嘗。叟語終兮化鶴去，女從此兮驂鸞翔。青鳥導兮朝天子，表樓觀兮紫雲紫，迎嬋媛兮萬千紀。帝女巢成兮慶上元。鳳輦來迎兮廣盂蘭，飾繒綵兮靈降壇。啾啾翠羽兮滿庭喧。生日繁兮多口，糧日耗兮少有。誰推食兮群生，紫雲仙兮真母。

景忠山神

謹按：三屯營山有三忠廟，祀漢諸葛忠武侯，宋岳忠武王、文忠烈公。蓋明戚南塘少保作鎮時所建，因以景忠名山。又有女仙廟，曰“碧霞元君”。或曰唐萬歲通天元年，契丹攻平州，刺史鄒保英妻奚氏，率家僮女丁，乘城固守，一境獲全。相傳奚夫人得仙，民感其德祀之云。

昔有人兮鎮三屯，養貔貅兮壯風雲。計臣掣肘兮餉不頒，日蒿目兮心如焚。忽登山兮遇明神，誰與偕兮葛岳文。問神於此地兮均無素，或逢西顧兮或南渡。望匡山兮慘又兼，身都將相兮無安處。炎興建炎兮又景炎，神何爲兮勞不悟。出師未捷兮隕大星，出師已捷兮風波亭，無師可出兮過零丁。食少事繁兮絶林醒，絶食八日兮吞腦復生，神何爲兮苦不寧。神馭停兮神絃喧，佐返旆兮宴中山。搴樓桑兮略扶桑，渡卑耳兮俞兒還。心相印兮同一丹，痛飲黄龍兮戴黄冠。背嵬軍兮朱仙鎮，儼魚復兮森八陣。秉遺靈兮燒蓑城，博望燄兮烏林燼。出師表兮恢復疏，建閫章兮淚同抆。吟梁甫兮唱憑闌，歌正氣兮聲並酸。不見平州奚女仙，率女丁兮保城垣。神入雲兮聲在耳，南塘立廟兮山之盤。廟貌立兮士女集，施金錢兮無所惜。半修廟兮增巍峨，半養兵兮足戰食。談軼事兮故老傳，補舊聞兮夢餘憶。過百幾兮太平年，靖遐方兮絶燧煙。沽洭酒兮鯽魚濼[①]，家家樂兮奉椿萱。買香花兮[②]取餘閒，扶上山兮禮碧仙。

① 濼，疑爲“灤”之誤。

② 香花兮，原作“花香花”，據《洭陽詩集》改。

長生宗伯

謹按：長春真人邱處機，元太祖召，表謝，拳拳以敬天勤民、清心寡慾、止殺罷獵爲對。又念兩河流徙，則持牒招來，全活三萬餘人，今白雲觀其遺址也。正月十九日，競酹酒祠下，爲燕九節。

紅雲兮在霄，白雲兮在野。捫舊碑兮龍兒年，尋故物兮少石馬。今朝兮燕九，相約兮城西走。謁真人兮禮白雲，看古鏡兮秋葉紐。鏡鐫御寶兮宣和，何美團香兮玉搓。照興廢兮連屬，二百載兮干戈。念恒沙兮血盈，師有心言兮好生。詣雲山兮萬里，蒼生重兮身輕。陳天命兮止殺劫，申天道兮諫畋獵。河南北兮捄戮俘，遣徒招兮持仙牒。爲人奴兮復爲良，將斷脰兮得保肮。三萬人兮瀕陰府，師獨力兮回之陽。從參透兮金丹理，信長生兮非生己。人果生兮即我生，綿生生兮忘己彼。長春子兮大宗師，逍遥遊兮獨取西。悟由庚兮原大道，亦何恨兮亡其辭。築琴臺兮貯古琴，撫春雷兮奏玉振。真人來兮氣如春，柳爲帶兮草爲茵。高粱河兮日夜流，栗子園兮風颼颼。真人遊兮春又周，酒幔青兮藹遮樓。儼清明兮上河圖，真人戲兮皆方壺。醉春酒兮不用沽，不餌丹兮長含餔。

董 樫

字雨若，號豐墅，豐潤人，榕弟。諸生，官湖北德安知府，著有《涉江草》《濱濼吟》《于役江干草》。

清涼山埽葉樓寄懷

斜陽明野色，相望幾躊躇。雁叫江雲斷，僧歸山月初。新涼彫旅鬢，落葉憶鄉書。底事西遊久，終年釣艇虛。

曹　釗

字靖遠，豐潤人，鼎望子。貢生，著有《鶴龕集》。

《豐潤志》：釗性安静，詩酒自娱。有《鶴龕集》《藭波詞》。

《詩觀》：都下人士一時競稱三曹。三曹者，冠五太史及長公競遠、次公賓及也。太史高雅，靖遠英舉，賓及秀冲，皆擅詩家一勝。

雜　　詩

少歲矜意氣，肝膽向人豪。豈知杯酒間，談笑生波濤。譬彼蠅蚋蟲，所在集腥臊。一朝黄金失，棄之等秋毫。古來管鮑儔，貧富如一操。丈夫重知己，豈爲生死撓。壯哉掛劍客，千載渺風高。

文殊院看鋪海

冒雨宿高巔，雨歇天風吼。夜半落松聲，崖谷虛能受。問僧鋪海奇，僧云初霽後。曉起披衣看,濃霧堆窗口。須臾海勢成,一望煙雲藪。旭日動微光,晶熒天欲剖。蕩蕩波涛翻,隱隱帆檣走。天都與蓮花,對峙如培塿。其餘盡渺茫,滄桑信非偶。回首問同人,變化真奇否?

雪中吟

孤坐寒氣森,擁鑪把書讀。暝色暗檐楹,涼風動茅屋。入暮冷逾加,蕭騷戛庭竹。吟就轉淒然,推窗望林麓。不知起何時,紛紛舞滕六。碎玉碾長空,冰花綴頽木。隔溪三兩人,蓑衣雪中牧。村橋迷酒帘,炊煙罥遥谷。飢鳥喧鄰園,啞啞還逐逐。萬樹齊作梅,千山渾似禿。傾樽呼濁醪,聊以慰幽獨。

紫翠樓春望

斷岸縣千尺,人家帶夕陽。野煙低覆水,春草細生香。對酒情偏劇,題詩興轉狂。息機看燕子,來往爲誰忙。

碧霞宫僧舍偶作

山繞孤村水抱隄,柳陰深處隱招提。雲衣製雨濃還淡,麥浪掀風高復低。馬渡板橋蝌蚪亂,人歸桑柘布姑嗁。世間何事如閒好,静對松窗日已西。

遊釣臺因至披霞山

此地曾傳有釣磯，誰人終日坐忘機。偶來選石臨流水，特爲尋詩入翠微。遠浦静看雙鷺下，斜陽遥伴一僧歸。塵心久已消除盡，擬向松根着板扉。

草堂雜詠

不解爲商亦不農，荷鋤只合作花傭。蓬蒿一任荒三徑，閒看蜻蜓立瓦松。

春色勾人急酒觴，蘋婆花發滿林香。黄昏一片溶溶月，淡點鉛華睡海棠。

庚溪雜詠

信有桃源路，微茫徑可通。鳥巢蘆荻雨，人坐藕花風。蹤跡烽煙外，生涯雲水中。柴門繫小艇，晒網夕陽東。

田家秋事早，禾黍見西成。浦静聞人語，天高有雁聲。霜清桑落酒，月上豆花棚。野叟頹然醉，喃喃語太平。

編茆人境外，松際見孤亭。泉曲通流水，窗開繞畫屏。晚煙千樹紫，歸雁數峰青。賴有雙不借，深山劚茯苓。

偶隨芳徑去，愛此蔚藍天。淺水雙魚駛，晴沙一鷺拳。桃花紅中酒，楊柳緑浮煙。雜沓聞歌笑，兒童鬬草還。

茌中道中

山左愁無雨，畿東又苦蝗。客心常耿耿，天意只茫茫。汗滴征衣溼，塵飛大麥黄。故園應有夢，昨夜到漁陽。

保定道中

絡繹畿南郡，征塵接塞長。人家依稷黍，風俗想陶唐。草暖分波緑，沙頹壓水黄。年年種楊柳，不見夾宫牆。

指日庵

地偏人跡少，屋對亂峰開。月放千巖雪，松喧萬壑雷。誦經馴虎至，洗鉢豢龍來。引興隨高衲，長歌日幾回。

薊門

燕山五月麥田秋，黄雀翩翩緑樹稠。遠塞關河雲外轉，諸陵風雨望中收。時無斂賦閒雞犬，路少烽煙散馬牛。獨有薊門橋下水，年年無語自東流。

豐臺看花，自柳村歸飲祖將軍支芳亭

四月温風綠正齊，柳村村外遠招攜。流鶯聲老仍啼樹，野菜花香不辨畦。園叟逢人勞指點，樓臺到處有攀躋。歸雲一片拖殘雨，回首西山望欲迷。

霜　華

霜華歷歷下庭柯，坐久幽窗暗薜蘿。風雨慣能欺客枕，煙霞端不負漁蓑。閒情賦罷人思酒，短札裁成雁渡河。滿目征塵何日息，邯鄲道上塞雲多。

秋夜感事

蕭瑟惟秋夜，何堪雁又鳴。邊亭吹草白，落日壓山晴。孤枕來寒杵，深宵託短檠。寥寥鄉信隔，的的月華明。葉下梧桐影，城高觱篥聲。茱萸期九日，蟋蟀恰三更。短鬢消閒帙，長懷憶友生。無錢驕杜甫，有志切匡衡。霜拂吴鉤冷，風嘶代馬横。蝸名生計拙，雞肋壯心輕。壘塊看孤劍，昂藏付酒鎗。流連太傅詠，直欲起袁宏。

覽　鏡

尺蠖不成龍，尺水不成浪。覽鏡莫沈吟，本乏封侯相。

春　遊

春雲薄似羅，春色濃於酒。落日衆山低，牛羊滿谷口。

獨　立

獨立秋江寒，波光倏明滅。鷺鷥抱何愁，頭白亦如雪。

卧雲庵

山雲不用招，日供老僧卧。有客入扶筇，撥雲僧夢破。

曹　鈖

字賓及，號瘦庵，豐潤人，釗弟。貢生，官内閣中書，著有《瘦庵集》。

《豐潤志》：鈖，鼎望仲子，美丰儀，善屬文，尤精繪事。隨父守新安，讀書黄山之桃花源。以明經任内阁中書舍人,壬戌隨駕奉天府,明年扈從南巡。有《黄山紀遊》《扈從東巡紀略》《筆濤養正圖》等書。

《圖繪寶鑒續纂》:賓及諸生時好書畫,興到寫梅花道人,頗有淋漓淡宕之趣。

趙觀察國華《青草堂集・曹舍人寫真圖贊序》曰:舍人爲澹齋太史公子,豐润東郊有松茨别墅。此圖在康熙初海内諸老接瀋聯毫,如陳確菴、高澹人、沈繹堂、施愚山、王阮亭、尤悔菴、朱竹垞、曹練亭、成容若、毛會侯、顧赤方、梅耦長,耆望幾徧,誠大觀也。贊曰:山耶水耶其松茨之里耶?儵哉斯人其未死耶?惠而歌者何其皆予美耶?芳草青青,浮雲冥冥。逝者不作,吾其伶仃。喬木多風,淵澤善雨。以告後來,我邑有古。

舟　　中

晴日動林皋,漁人蕩輕艣。扁舟隨意放,巖花齊欲吐。村疏煙火稀,山深樹石古。遠望列群峰,一一青可數。

漁陽道中

平原空悵望,故國已荒邱。獵犬穿林出,灘聲抱石流。月明燕嶺暮,霜結薊門秋。尚欲停車問,悲笳動戍樓。

歸　　懷

指顧平原憶舊遊,偶然乘興一登樓。蕭疏短鬢三年夢,寂寞長江萬古愁。看世擬逢青眼客,移封願到醉鄉侯。西風蕭颯吹黄葉,摇落寒林樹樹秋。

雨中錦溪亭獵魚

戴笠尋山佳興同，近山靉靆遠菁葱。亭臨浭水煙波上，人在秋光暮雨中。歷歷牛羊趨古渡，蕭蕭禾黍下西風。漁翁網罷傾樽酒，醉眼模糊天地空。

再遊黄山

三入黄山今又來，諸峰偏向故人開。林森夏帶深秋氣，瀑瀉晴喧巨壑雷。煙雨半沈舂藥井，雲霞全護鍊丹臺。莫言竟日無多路，選步應知爲惜苔。

其二

水自回環徑自分，看山豈惜往來勤。煙鬟黯淡將梳雨，石齒崚嶒欲齧雲。曲邃若非親閱歷，幽奇端不付傳聞。峰峰千仞堆寒玉，初闢何人運斧斤。

老女怨

白髮鏡中生，紅顔不再好。未作並頭花，翻成寄生草。

曹　鋡

字冲谷,豐潤人,鈖弟。官理藩院知事,著有《雪窗詩集》。

雨中對瀑復觀龍潭水漲

驟雨劃然至,煙霧失長空。千峰蕩微影,飛瀑垂玲瓏。深潭忽怒沸,疑是蛟龍宫。響聲振林樾,雪浪生寒風。躡足心欲動,舉首摇雙瞳。下觸石骨碎,上與銀河通。誰爲開鑿力,吾將問洪濛。

伏日同伯兄眉菴松茨消暑

何處攜樽酒,東皋舊草堂。雨殘沙路細,風颭藥苗香。巢燕非時出,山蜂底事忙。老親憐弱稚,歡喜故相將。

入山曉行

竹輿隨徑轉,蘿薜挂煙霄。石險偏横樹,溪回屢渡橋。霧收方見日,雲聚即成潮。瀟灑紅塵外,青山認寂寥。

入紫翠林

人多穿洞出，路狭礙枯藤。怪石如迎客，山猿不避僧。疏林飛瀑落，絶壑亂雲蒸。素有登臨興，梯霞上百層。

坐響雪亭

山湧濤千尺，晴堆雪一溪。雨隨雲去住，煙接樹高低。路盡疑天逼，峰尊與日齊。埽苔聊自憩，摩壁好留題。

登文殊院

嵯岈開線路，杖履莫辭難。嵐氣千巖雨，山風六月寒。石欹防客過，松古學龍蟠。縱目遐荒外，方知天地寬。

黄山

古木枯藤路不分，徜徉麋鹿自爲群。山僧煮茗松間話，仙侶吹簫月下聞。嵐氣滿衣渾似雨，水流觸石自成紋。欲知軒帝歸何處，須問孤峰頂上雲。

過唐愷菴遥黛山莊

卜築誅茅另一村，編籬插棘護柴門。年來漸識歸農好，老去深知養拙尊。自撥新醅呼少婦，閒鈔舊句課兒孫。春明更種南溪樹，荷鍤人歸帶月痕。

小 輞 川

岸繞菰蒲水接天，四圍桑柘一村煙。兒童不識征徭苦，雞犬猶躭自在眠。隄柳似分隋院色，野航疑泛越溪船。前身可是王摩詰，别墅人呼小輞川。

山 居

萬事無如此閉關，嶺雲溪月好投閒。窗分遥黛晴堪數，秋滿陳宫近可攀。岸脚柴扉迎緑水，林腰茆舍倚青山。移家絶勝桃源住，歲歲花開任往還。

曹 鈐

字孝符，號畲菴，豐潤人。貢生，候選訓導。

唐孝廉壽朋傳：鈐隨父首望任姑蘇，讀書之暇，惟耽默坐。間出其撰述，宿儒皆歎不及。父卒旋里，屏弃語言文字，冥心四子書。思路絶斷，則取先儒語録證之，每多心得。

遊披霞山

落日紅霞帶鳥飛，重來登眺坐松扉。秋林寒渚千林晚，山寺無人月送歸。

丁起岳

字燕峰，豐潤人。乾隆辛卯舉人，官江西安義、瑞昌知縣，有《夢松軒詩草》。

登天宫寺資生臺

結隊平臺上，登臨浩渺間。飛霞明斷碣，落日壓秋山。壒矗檐鈴静，天高雁陣還。數聲清磬動，虚籟散荒灣。病客多秋思，淒然弔古情。碑存耶律蹟，址憶大遼營。蕭寺晴嵐合，煙村暮杵清。庭陰堪豁目，苔蘚翠生生。

野望

秋日泛晴暉，高標立翠微。故鄉何處是，遊子幾時歸。木落孤松出，天空一雁飛。風霜雖並厲,此志獨依依。

夏日雜興

�笋微涼襲,盤冰浸緑瓜。當風忘執扇,冒雨爲移花。林密蜂聲亂,苔深石徑斜。時聞田父語,半是話桑麻。

苔錢

素癖由來不愛錢,天偏雨後鑄階前。從今頓起貪求念,多買風光著錦篇。

小松

疏枝瘦葉細龍盤,傲雪淩霜耐歲寒。蔽日干霄俄頃事,緣何只作小松看。

自嘲

芒鞵竹杖俗塵遥,貧賤尋常未慣驕。萬事寡聞巢父耳,十年多病沈郎腰。興依驢背詩情遠,笑解鷞裘酒債銷。幾度看花村外去,行行山寺又溪橋。

春日遊古寺

漫言色相入禪空，到眼芳菲處處同。得意鳥鳴方丈外，遊春人語畫圖中。煙飛柳際添新緑，雨落花間墜淺紅。最是有情僧老衲，也來共醉一林風。

北 平 懷 古

富於往跡是山戎，欲賦當年愧未工。孤竹堂高商義士，將軍石老漢英雄。芳薇香蔭千秋緑，射虎痕深萬古紅。惆悵低徊猶未已，魚兒戲處又雲中。南台寺山南有碑，上云“管仲戲魚兒處”。

風 水 歌

乾坤有六子，三女並三公。中男坎爲水，長女巽爲風。風水長相渙，渙散自成空。法言垂大易，無吉亦無凶。何人厝先靈，動欲覓吉地。尋一堪輿人，指點隨其意。可以富田園，可以登科第。可以爲將臣，可以爲文吏。舉凡古與今，神靈與奇異。求之風水中，無不周且備。噫戲欷悲哉，人世誠可哀。孰不趨吉祥，孰不避凶災。堪輿亦猶人，寍惜買地財。以此覓祖墓，興也自如雷。安受無窮福，何事奔塵埃。人偏昧不察，競言風水有。試看風鑑人,多是飢寒否。

宿下王莊

攜策勇出門,日急登皇路。俗塵一概拋,妻孥不肯顧。車輕馬如飛,頃刻西山暮。店宿下王莊,風以樸而素。予性愛名區,古刹儼百步。呼童隨我遊,廟裝神亦塑。流連者久之,地静閒雲護。稺子笑歡迎,客可知其故。廟貌何以新,刀貝十方具。十方胡以來,祈葯醫沉痼。葯物非參苓,庭前枯老樹。斲銷煎爲湯,飲之疾無宿。以此驚世人,遠近争施布。誰透此天機,釋子坤如吐。坤如修廟無資,自經死,死後勸人祈葯,因重修廟。余曰事固奇,箇中皆有數。説罷即歸來,回首隔煙暮。

周冕

字服之,豐潤人。乾隆己酉第七名進士,官河南舞陽、廣西宜山知縣。

白澗道中遇雨

秋雨涼如洗,遊人正著鞭。樹梢青隱霧,山色翠含煙。風起雲争捲,渠平水亂穿。長安塵滌盡,一馬去悠然。

七夕遇雨

天孫今夕浴新妝，雨滑銀河鵲駕梁。濯得機邊雲錦簇，争看一幅大文章。

福延寺看藥欄録呈丁燕峰先生

吾友燕峰真韻絶，夙緣常與仙源結。近聞卜築梵王宫，使我懷思頻切切。君望我來會有時，我與尋君難預決。何期偶爾過虎溪，白社果逢陶靖節。相見執手但一歡，離緒轉覺無暇説。酒徒詩侣滿華筵，座中喜得陪群傑。浮屠懷璞磊落才，醉中逃禪計亦譎。潦倒酣眠竹院風，獨能不困於麴櫱。我輩猶如鯨吸川，直到興酣忘耳熱。縱談揮麈思古人，激昂慷慨唾壺缺。酩酊白眼望青天，忽看階下錦羅列。琉璃葉襯繭栗梢，猩紅點點枝頭血。佛前更有玉盤盂，檻下翩翩翻白雪。誰教天女散飛花，笑拈只可自怡悦。須臾鳥語散深林，小徑蒼茫人迹滅。故人孫君忽走來，挽留不憚衣裾裂。由來芍藥號將離，今宵且莫珍離别。他日如乘訪戴舟，陳榻何妨謀再設。行行且止復徘徊，奚奴又把花枝折。攜得春光滿袖歸，驅車走馬尋故轍。到門正值月黄昏，一枕狂香不用竊。

鄭　師

字吉夫，乾隆四十五年舉人，官湖北通山知縣，改通州學正。著有《晚香詩草》。

秋　山

幾處煙霞岸，丹楓映日明。山空人步晚，葉葉動秋聲。

商城春行

緑楊深處遠聞鶯，郭外芳塘水色清。兩岸桃花新著雨，夕陽一半繞商城。

卷　三

豐潤孫贊元襄臣甫編輯

遵化史恩培竹孫甫參訂

鄭　澂

字秋圃，豐潤人。乾隆辛卯進士，官四川道監察御史。

鄭侍御澂，康熙乙丑進士恂之曾孫。先嘗有聲臺掖，侍御能繼之，併在邑倡捐狀元田資數千金，以爲鄉、會公車之助。趙觀察國華《青草堂集》詩云："皂囊諫草得門傳，華胄登龍十二賢。一代翹心向桑梓，迴思作記狀元田。"

盤山紀遊

選勝難如此，神馳廿載間。不教逢故友金竹坡廣文，幾使負名山。磵壑層層出，林泉處處環。好憑雙屐齒，次第試登攀。

一徑沿溪入，依稀指少林。白雲迷谷口，紅葉豁秋心。水落沙應淺，山高日易沈。老僧真解脱，酌酒話更深。

破曉尋東竺，山重水亦重。嵌空懸怪石，倒影挂蒼松。野徑聞談虎，清池記豢龍。少林紅龍池，篆刻奇古。梵音雲外起，應是上方鐘。

瞻禮阿羅漢，行行展畫圖。樹根穿石破，墖影入雲孤。遠水時明滅，晴嵐乍有無。緬懷同社友，一一醉茱萸。

捫蘿登挂月雲罩寺峰名，載酒及重陽。俯視群山小，平臨古塞長。天風吹浩浩，野色迴蒼蒼。一嘯松篁裏，秋深萬壑香。

最愛天成寺，尋幽發興偏。半空開翠壁，一綫瀉鳴泉。對月心如洗，臨風骨欲仙。與君應盡醉，深夜不須眠。

名山如至理，妙藴耐研搜。路抱奇峰轉，林藏古寺幽。會心頻進步，得意屢回頭。收拾煙嵐色，胸羅萬斛秋。

靈刹探將徧，好峰知尚多。不妨留未盡，相約待重過。歸路紆林壑，餘霞滿薜蘿。茅亭臨水築，珍重莫蹉跎。山半流泉下注，與竹坡有築亭之約。

董世蜜

字心山，豐潤人。正紅旗漢軍，監生，官福建延邵道、浙江杭嘉湖道。著有《東軒老人詩稿》一卷。

乾隆五十年國慶，臣世蜜恭預千叟宴，敬和聖製詩一首

韶開壽寓炳弧纏，錫福彤廷列綺筵。五色雲中天咫尺，萬年枝下叟三千。曾叨領郡披圖舊，欣許稱觴拜賜駢。寰海昇平嘉瑞輯，聖齡億秭慶洪延。

明　月　山

皓魄懸巖際，吴剛何用修。常圓忘朔望，不墜歷春秋。豈畏妖蟇蝕，

從教狡兔遊。姮娥如可問,較勝廣寒不?

署中題菊

別擅清幽傲雪霜,不同桃李鬬春芳。西風偏動蓴鱸想,松菊猶存三徑荒。

平生心事訴誰知,不對黄花不賦詩。何必東籬方醉酒,官衙也有傲霜枝。

秋雨新殘曉日晴,幽香淡淡徧檐楹。詩成酒力都消盡,人與寒花一樣清。

送總戎予告

百戰歸來憶舊廬,離筵觴客悵何如。銜杯且看今宵醉,露滿蒼苔月滿除。

幾載邊城發嘯歌,鐵衣脱却沐恩波。算君歸是新年節,莫負江鐙酒興多。

庭　梅

閒庭清寂萬緣空,喜與梅花氣味同。竹外幾枝撑夜雪,窗前數朵笑春風。不妨影並黄昏月,也復香撩白髮翁。曾記西湖尋隱記,小舟摇曳段橋東。

登看劍閣

江閣新秋月影浮，當前覽勝冠南州。龍潛五夜光猶見，劍化千年跡尚留。一帶亂峰橫晚翠，數聲清籟震高樓。憑欄看徧多佳興，白髮題詩未倦遊。

永昌府留別余別駕慶長

邊城月夜不成眠，白髮奔馳萬里天。每渡潞江逢五月，有瘴氣。漫從戎馬已三年。漢陽雲樹遮門閣，別駕有母在堂。冀北人家倚石泉。數定生平隨意過，何時攜手賦歸田。

和大中丞德定圃《過仙霞嶺》追次周櫟園工部原韻

絶頂高登峰上峰，青蒼三十六芙蓉。重關雲繞旌旗溼，大壑雷轟水石舂。足躡星辰淩碧落，崖摩椽筆繼芳蹤。争看使相籠紗句，覽勝何須意興慵。

松篁幽蔭繞征途，登眺何須藉杖扶。山勢千盤争赴越，溪流百折遠趨吴。飛鳶望處邊天没，匹練看疑到海無。鎖鑰南疆第一隘，馬前回首白雲孤。

層巒接引輿偏長，到處巖花錦幔張。仙夢空山秋籟寂，丹沙遺井水源香。中峰雞犬聞霄漢，南國梯航貢職方。如織征車去不息，嶺雲催客髮蒼蒼。

和德定圃九日登高

欣逢令節共登臺，海國蒼茫霽景開。幾處寒花秋未老，滿城黄葉雁初來。銜杯竟續題餻句，落帽誰憐作賦才。豈是龍山風雨後，憑高迴望夕陽催。

夏日遊龜鏡寺

一水瀠洄繞碧山，爲尋蘭若共躋攀。人來菡萏千層裏，地在琉璃萬頃間。塔影祗今横法界，鏡花終古照金顔。花香鳥語塵緣浄，鎮日留連未忍還。

烏龍泉亭和宋大中丞韻

遵化城外烏龍亭，近依雉堞臨郊甸。凭欄澄澈湧清泉，點點落花浮水面。乍舒蓮葉小於錢，潛泳遊鱗紅似茜。望裏峰巒列畫屏，撲人眉宇來青蒨。晴雲歸岫有無間，瞥見山椒横匹練。數縷炊煙漾野村，一聲鐘韻飄僧院。坐久神怡氣骨清，天風吹袂泠然善。聞道中丞擁節時，曾於此地開芳宴。羅綺空看蔓草濃，笙歌虚想流鶯囀。剥落殘碑卧夕陽，雨痕緑滿蒼苔片。盛衰莫漫感滄桑，生死何曾分貴賤。百年我亦後遊人，重此登臨知幾徧。醉持良醖酹靈泉，莫使歡觴成飲餞。

董世明

豐潤人，正紅旗漢軍，監生，官湖南江南糧儲道，署江寧布政使司布政使。

九日傅竹猗太守招水泉登高，陳謹壯孝廉用袁簡齋明府見贈舊韻惠示二律，疊韻奉答

佳節遨頭意若何，郊原集飲任高歌。杯傳渌水豪情滿，人對黄花淡意多。可是素心縈素月，早知清政漾清波。林皋新會東南客，風韻於今繞薜蘿。

亭登春及醉心知，伯玉瓊牋忽見貽。白下故人留舊句，簡齋贈别二章。練泉新詠補殘碑。行旌遄發應餘戀，竹猗將任陽平。勝蹟偕臨更繫思。只我疏蕪詩骨瘦，愧無江管譜烏絲。

鄭濟壽

字敷敬，號玉峰，豐潤人。官江蘇松江知府，改刑部廣東司員外。

舒位《書鄭玉峰平苗紀事詩後》:綠海參軍日,紅旗殺賊時。同行萬里路,遲讀十年詩。鹽豉搴蒓菜,弓衣繡竹枝。相逢笑紕縵,我亦杜分司。

塞上吟 乾隆壬辰,燾以渝州倅從戎討兩金川。
丙申二月,寇平,辦善後於噶拉依,詩以誌之

纔據雕鞍志已奇,龍泉知我一身隨。幸當太乙開鋒日,喜見蚩尤授首時。不惜窮邊消歲月,矢將駑力效馳驅。何期鞅掌風塵吏,也控天弧逐虎貔。

常　輝

字衣雲,豐潤人,乾隆庚辰舉人。官江蘇昭文、奉賢知縣,改兩淮鹽經歷,著有《碎錦集》一卷。

常衣雲明府乾隆中以揀發之江蘇,署嘉定、上海縣丞,督理新涇、黃浦等處河工數十里。有上海名醫唐桐園者,著《大生要旨》《保嬰》二卷,無力付梓,代爲刊刻,濟人甚衆。署昭文縣,會大江南北水災,賑活飢民以萬計。補奉賢縣,清案牘、整學宮,士風一變。奉賢内連黃浦,外通洋海,網船多藏盜匪。輝編漁船爲保甲,盜匪爲之斂迹。後因挂誤降調,改兩廣鹽經歷,鹺司奏其有幹濟才,商民賴之。甲辰丁外艱歸,奉母終養,日課生徒而已。

夏日閒居

非是深居學隱淪,桃源柳市愜天真。清風滿座堪披豁,灑埽呼童款

故人。

雙童底是比漁樵，慣侍琴書興亦饒。除却烹茶無箇事，牆陰棋子任輕敲。

小院輕幽晚更賒，四圍深樹亂啞鴉。夕陽碧落王孫草，零露紅凝君子花。

時催萬象赴蒼暝，别樣文章看斗星。夜静無人尨也吠，眠花小犬逐流鶯。

遊平山堂舟中即景

緑柳紅桃罨野煙，枝枝低亞畫橋邊。衣香不斷風生韻，船載笙歌去復還。

西　施　跡

已逐鴟夷去五湖，香痕歲歲没青蕪。誰知步屧猶留恨，踏破靈巖即沼吴。

五峰山和尤西堂前輩原韻

仰止名賢地，尋幽絶巘中。嵐光隨雨暗，海氣入雲空。石室留仙蹟，奇峰幻化工。驚人詩句在，攜取問蒼穹。

祠堂飛鳥外，松柏自高寒。峰壓欄杆迴，蘿纏石篆殘。雲山追氣象，潮海仰文壇。瞻拜苔痕破，青光上履端。

和宋荔裳前輩原韻

樵路隨峰轉，危斜到石扉。雲埋黑作雨，樹繞翠成幃。障日峰偏巧，浮天海欲圍。夕陽看更好，空靄漫霏微。

捫蘿從樹杪，絶境試攀躋。路失峰猶怒，林深目轉迷。日沈山影重，天壓海雲低。倚石看歸鳥，飛飛暮靄齊。

望　海　峰

東南峰最好，滄海望中收。日出流紅碎，天晴浪白浮。風煙通塞氣，帆席指吴舟。何必蹇裳涉，悠然會十洲。

和蔣臨皋擢膠東

循聲一片達瑶仙，捧出緋魚表吏賢。黔首昔時需惠露，使君今日賦貪泉。百花州遠追前世，六逸堂高結夙緣。長笛江南人欲去，吹將離恨正悽然。

峭帆風挂渾抛梭，政事從今少琢磨。霜滿胥江清似水，露横高苑薄於羅。相看父老攀轅卧，遥識兒童跨竹歌。重見一番新雨露，膠東無地不恩波。

共慶榮名策太平，行纒無奈繫人情。晴江別恨歌潭水，朝雨離愁唱渭城。魚袋懸來霞自映，刀環佩處月同明。陽春有脚留難住，還報清時擢上卿。

題陳確菴小照《耕讀圖》

鵝溪尺幅寫林泉，綠綠秧鍼連陌阡。挾經席地趁晴天，兩株濃柳半溪煙。坐愛者誰隱呵仙，南橋處士號確菴。我來分符不二年，因公曾識邂逅間。風標高爽氣渟淵，劇談文雅追前賢。勸之仕進曰不然，家世耕讀已十年。披圖許我叩真詮，罷棄何須感而憐。歸去有書亦有田，效君行樂奚疑焉？

常元璐

號子仙，豐潤人，輝子。嘉慶戊辰舉人，官冀州訓導，截取知縣，著有《綠蘿軒隨筆》。

閒　　居

鎮日重門扃不開，深深院落長青苔。太平堂裏人無事，簾捲春風燕子來。

埽地焚香心太平，秦宮漢闕幾崢嶸。從今一笑隨緣去，都把悲歡付太清。

孫振聲親家囑畫墨松并題

偶將松墨寫松篁，松自青青墨自蒼。豈敢誇榮雙闕下，愛他從不解炎涼。

雨 後 漫 成

老去觀書每易忘，一編纔了已茫茫。邇來又受陳摶訣，開卷三行入睡鄉。

醒來緩步度平橋，蒲柳依然翠色嬌。野老閒過相問訊，競誇透雨苗新苗。

夕陽斜照雨初晴，草木無知自向榮。閒坐豁然亭子上，長林半露晚煙横。

題童石齋小照

六載心交形欲忘，官閒事事足徜徉。莎庭放吏收詩草，竹閣囊琴檢宿香。每向席間煩顧曲，石齋精聲律。時從肘後覓鈔方。石齋知醫。知君把卷行吟處，想是南華第二章。

抵冀州任

古戍樓空集暮鴉，城如村小幾人家。黄茅密結臨街屋，緑柳低迎出郭車。滿面征塵悲客路，半肩行李進官衙。此來減得吟詩興，不見名山不見花。

出金陡關

回首戎軒傑，雄關感慨多。秋風動星斗，匹馬壯山河。飲血心常赤，淩霄志不磨。憑欄試投筆，此去意如何。

論文柬孫新甫、樂山兩媚台

文章直寫心頭理，一意直下快無比。其中定自有波瀾，極盡開合與流水。認真題旨莫旁求，識破何須苦意搜。獨往獨來一枝筆，長江千里碧雲浮。

文章無累心益空，古元之派爲正宗。發我大慧開我聰，心花怒放情所鍾。十萬玉女羅心胸，珠圍翠繞方壺中。天風環珮聲玲瓏，持盈玉葉冠芙蓉。鳳釵一枝寶髻鬆，錦花蓋下榴裙紅。昭陽臺上燕迴風，神仙鍊炁蓬萊宫。丹田春意暖融融，火龍飛騰水虎雄。微塵不傍筆端鋒，春深庭院垂簾櫳。

鄭源璹

字玉磎，豐潤人，監生，歷任廣東、河南、湖南布政使司布政使。

遊盤初至千佛寺

御園花塢話山農，夾道松陰護客蹤。回首薊城煙樹裏，巾車已入白雲峰。

花木當窗列錦屏，一亭高敞可藏形。香臺境寂塵凡隔，千像堂前雲半扃。

登雲罩寺浮圖

我是紅塵下界來，不知身已到天台。慈航苦海空回首，一嘯松篁萬壑哀。

東竺菴

一帶松峰未了青，幽幽禪室傍茅亭。階前衆卉齊争秀，草木由來怡性靈。

雲　罩　寺

崔嵬雲罩寺，高峙萬峰巔。俯視應無地，平臨只有天。遊疑雲漢上，宿近斗牛邊。創建知何日，豐碑不計年。

古　中　盤

振衣長嘯上層巔，極目蒼茫遠接天。出岫雲多渾作雨，化龍松老欲棲仙。輕塵不入蘿屏裏，香霧時來寶殿前。却得山僧禮數簡，任尋修竹問清泉。

萬　松　寺

白雲深護幾重重，踏破雲根勞杖筇。鳥道紆迴十八曲，松陰半壓兩三峰。談空坐見歸山鶴，煮茗時聞隔寺鐘。最是黄昏風動後，清音應起石潭龍。

李士楷

字準唐，玉田人，諸生，江西建昌知府，大謨子。著有《寄餘精舍詩草》。

趙國華觀察序：外叔祖李準唐先生，爲定園太守公中子，少有氣骨。隨侍西江時，貴游子弟争逐媟靡，顧獨狷睆，遠自期許，力涉文史，無褻交。歸里後，遺篋蕭然。太守公固廉能，石城、清江嘗生祀者也。惟世讀書，先生兄弟三人，皆高行，不利試有司。先生尤與時乖，既以諸生入史館，旋引疾歸。一子早喪，煢煢獨立，粗衣糲食，日課童蒙受章句而已。

人　影

人依日月光，不肯離寸步。當在暗中時，君是在何處？

詠　史

振旅歸來漢塞清，全軍纔識老臣兵。屯田最是安邊策，勝算原無赫赫名。

郡守誰栽召伯棠，潁川昔尚記循良。當年父老歡何似，閒倚桑麻看鳳凰。

平蔡兼降德棣州，行軍司馬出奇謀。多應相士裴中令，帷幄休休聽運籌。

爲國掄才引後生，直言極諫設科名。長安風雨瀟瀟夜，一任劉蕡下第行。

詠　菊

霜風昨夜埽繁華，時菊依然野老家。雨露不争摇落免，澹無人賞自開花。

秋闈落第八次

垂老猶爲挾策行，長安道上意蹤横。七擒已是應歸命，一戰翻然又背城。妻尚有情終下織，友憐同病不寒盟。風檐閱歷頭將白，回首青年笑失聲。

補　　屋

運甓纔完又運斤，指揮連日損精神。誰如承福爲圬者，我學楊潛作梓人。竹種一池須半夏，花開四月有餘春。但求擺脱浮名絆，長向牆東寄此身。

題雪樵詩稿

雪樵姓韓氏，元末詩人。仕松江，憂國憂民，形於篇什。松江陷，與一子赴水死。

先生不可作，幸有未亡詩。時事唐天寶，憂思杜拾遺。文章神鬼泣，節義日星知。安得松江上，招魂酹一巵。

窮 秀 才

科第生無分，文章書滿家。筆拈雙管彗，袍綻一身花。色闇言偏韻，腸枯氣自華。可憐將美玉，湮没在泥沙。

窗 宿 鳥

月未上窗來，窗已明如曉。𧝓褷一團影，疏櫺宿寒鳥。日日不失期，竟似安巢好。勝無枝可依，落日飛空繞。兒童不汝攖，天明去莫早。

叫 閽 行

帝閽無路容臣叫，爛死泥沙誰肯弔。杜陵道盡世人情，當面輸心背面笑。當其對語意慨慷，侯嬴季布真同調。草間一日英雄起，磨鍊到頭窮自已。攀龍附鳳奠山河，功業遥争郭與李。丈夫遭際豈不然，可惜夕陽君老矣。

廣 武 君 墓

一代英雄在黄土，不産靈芝長禾黍。牧童樵叟蹴踏之，無復將軍北面師降虜。噫吁乎！燕齊策後竟無聞，豈遂全身離噲伍。不然竟作安期生，徑指蓬萊住仙府。埋玉深深璞猶完，稱王最是人生苦。雲夢游還斬未央，相逢那不魂淒楚。平蕪何幸瘞斯人，誰向長陵弔猜主。九原可作聽談兵，開拓心胸空萬古。

大 風 歌

飄飄發發來天風，沙飛雲捲迷西東。僵卧不覺寒起粟，燒酒欲飲頭爲聾。仰觀天地申義氣，嚴霜早應豐山鐘。一朝獵盡萬木葉，助宣殺氣無冲融。此時老鷹隼，倦眼開蒼穹。憑虛恣擊搏，狐兔群皆空。正如人生懷利器，乘時發奮成殊功。側聞逆夷尚猖獗，誰敢挂帆揚蒙衝。礮火雷飛箭星落，火燔百尺驚濤紅。輪船巧利不得騁，指揮網盡蛟鼉宮。南人自誓不復反，三十六島潛幺蹤。蠻王擊頸詣闕下，屈膝稽顙求恩容。仰天吐氣冲牛斗，男兒到此纔豪雄。嗚呼，男兒到此纔豪雄！

神龍取水歌

雲溶溶兮鋪青冥，電閃閃兮雷車轟。劈空如見鬼神立，滿耳髣髴波濤聲。此時神龍伏東海，珊瑚寶樹恣人採。尺木不憑睡尚酣，人間未許窺神彩。東海茫茫起煙霧，霹靂王來導前路。山澤氣通雨可行，飛出天池上天去。天上無水天河乾，注尾滄波天地寬。浪花上捲入雲漢，蛟鼉那許來攀髯。洗刷乾坤恣意翔，依然鱗爪雲中藏。初見蜿蜒纔咫尺，一落爾何千丈强。天上水聲猶活活，雲容水勢森難遏。欲盡神奇覓去蹤，乾端坤倪倏軒豁。

憶 石 行

王生繩其一塊石，在其故宅湮水陽。奇形怪狀寫相示，輪囷磊落兼昂藏。此來泣別二十載，銅駝荆棘同悲傷。謂我差堪作伙伴，翻令感慨天俱長。補天體段棄人世，無乃遺漏遭媧皇。不然前身或恐是箕尾，謫落不許騰光芒。鍾英煞費造物手，如何失所抛荒涼。品題寥落詞客散，斜風細雨頽垣旁。平生好事負真賞，愛此不啻圭與璋。滿思踞居對酣飲，芒芒作作生詩腸。十年病骨坐羸瘦，欲負無力徒徬徨。芒鞵竹杖走相訪，半百里路無餱糧。書生安所大歡喜，計窮想入非非鄉。飛來峰儻共奇異，破空來挾行雲忙。祇愁吾廬破堂構，不比靈鷲開佛場。空將詩骨託青眼，呼兄遥拜頭低昂。王生笑我太迂僻，曇花一現胡不詳。洞天一品今何處，靈物從來託渺茫。

命述賢觀稼

觀稼命猶子，汝是老農伍。歸來氣不揚，我已神爲阻。連年不愜意，意待今年補。大暑未盡秋未交，摧折已見隨波飄。浮萍泛梗共飄泊，荒芹臥葦同蕭條。漲痕俱是農夫淚，不敢奢心望中歲。忙動腰鐮獲幾何，未及豐穰拾遺穗。秋來餬口無升斗，打門虎吏催租稅。鰥寡孤獨愁更愁，老翁無計垂白頭。生來不是英雄儔，戀戀毛錐不肯投。蹉跎今已七十秋，看人平賊取封侯。

裴亦度

字丹餘，豐潤人，諸生，著有《鴻苞集》二卷。

古石陽吴巙序：丹餘韶姿超軼，扃户讀書，從不易有交遊。目空陬澨，其留心帖括，縱筆所之，倏成數千言。其歌行、近體諸什，亦動能盈牘。皆發以己胸，自成機杼，所謂性情之音節非歟？

護國寺

古寺松爲院，禪關擁碧苔。鐘敲清佛座，竹漾鎖經臺。客少蟬鳴薜，雲多鳥宿槐。老僧趺坐後，得意梵音來。

舟渡瓜埠

江干飛雪浪，萬頃壓天清。柳密鶯爲侣，山深寺失名。長隄深野色，短棹撥濤聲。泛泛渾無際，悠然百感生。

秋日園居

寞寞園居裏，幽窗對遠坰。螗蛄鳴月嶠，蟋蟀怨風亭。斷石凝蒼靄，崇山冷翠屏。秋來新水涸，消瘦一池萍。

題陳偉公硯園

谷口名園可數留，鯨池緑水一溪流。園中有池，名蔚鯨。松屏斜映三台洞，梅陣還依十笏樓。曲榭陰垂星北轉，疏籬影照月東浮。主人坐對清如許，餐盡煙霞夢亦幽。

秋雨晚晴

晚霞紅泛北江晴，日射層山翠點迎。墨霧開時初度雁，金風蕩處尚聞鶯。光摩萬里流沙浄，氣滌千林萬木清。獨傍高臺憑遠眺，悲秋宋玉不勝情。

白蓮詠和姚明府

漫説濂溪吐碧芳，别開新色照琴堂。風擎玉椀清魂馥，日射銀樓素質香。傍暑翻疑衣染雪，非秋誤認影摇霜。翻然欲步瑶臺去，不與潘家鬬晚妝。

長沙江上

長沙江上古名陬，回首青山處處浮。鷺集清灘新雨漲，鶯啼曲峽晚煙流。舟摇一派延人望，帆送千峰挂旅愁。多少風塵名利客，幾人遥渡幾人留。

九月北歸，寓南村之半野堂，雨中有感

寒雨凄風興不賒，移樽欲訪友人家。門虚一徑飛彫葉，户對中山有落花。回憶西峰清月冷，衹今南國白雲斜。何時負衲逍遥去，滸却塵心對紫霞。

村居即事

檐前新水漲危磯，半畝幽篁澗外圍。春鳥無人聲入座，遠山有意色環扉。長竿把後遊魚散，短笛調時淡月依。欲倩好風扶醉力，詩成處處落斜暉。

秋月有感

秋冷吴江月冷天，風聲松韻引殘煙。星回斗易人何處，淮水長流又一年。

初　　夏

翻翻榆莢未曾飛，荷疊青錢藻荇肥。夜半杜鵑啼欲徹，聲淒猶自怨春歸。

秋　　興

日落清光擁碧天，柳含玉露草含煙。西風不管花零亂，吹盡吴江冷欲眠。

鄭家麟

字商年，豐潤人，嘉慶己巳進士。官翰林院編修、安徽盧鳳穎兵備道、鴻臚寺少卿。

趙國華觀察《青草堂集》：太史家麟由詞曹出爲監司十年，歸之蕭然清況。詩云：曲屏寒色上朝篸，料料松牀似野菴。難得經年曾直指，朱旗英蕩大江南。

白鬚行 有序

同鄉董某設教都門，得家書，知母病篤，欲馳歸。適值教匪林清之變，城門扃閉，禁止出入。一夜焦急，鬚盡變白，因作此以寄之。

浭陽董子人中豪，氣似虹霓百丈高。相逢奇事真驚絶，鬚邊一夜飛來雪。時值嘉慶癸酉年，寇來倉猝如雲煙。時爲貴邸座上客，彷彿武城避寇賢。禍至伊誰戀華屋，公子叫天阿婦哭。口禁目眵不敢前，風日淒淒天地肅。阿嬢老大胆較壯，苦挽先生作保障。千金重擔一肩挑，蜂屯蟻附方相向。知己相邀皆謝絶，慷慨仗義表奇節。推守要害細細兵，咫尺休教謍蟻穴。禁叱合府莫聲悲，伏旗息鼓示無爲。斗酒方肉賞健兒，謹防黄巾與赤眉。黄巾赤眉勢猖狂，弄兵先欲擾天潢。三更粉字書壁去，何人敢與抗戎行。是夜賊首真作惡，持刀攘臂登雲閣。暗施火器一炬紅，踰牆遁去鼠膽破。須臾殺氣貫斗牛，人喊马嘶似水流。自分此生畢此日，伏劍來登門上樓。魁梧奇偉霹靂聲，宛如石破撼天驚。群賊遥望驚嚇走，忠誠不戰屈人兵。困頓一夜白頭見，興嗣千字精心鍊。朝起捋鬚把青銅，果然頃刻容顔變。當途方略固多有，抗敵乃出書生手。烽煙頓息返故鄉，剩有聲名滿人口。元值還家爲老親，借壽十日見天真。高才恥爲擊劍士，西席曾爲捉刀人。天上少微耀光彩，魯連高風至今在。壯心不與戎馬馳，歲月已從滄桑改。勸君且斟燕市酒，世事白雲幻蒼狗。君鬚一白不復烏，英雄落拓無時無。

題同邑孫笠山《醫學滙海》

妙訣能參造化工，醫宗學理本相通。却教吐鳳詞人筆，補出神農濟世功。

寒窗十載絶囂塵，鐵硯青鐙助有神。抉透真源施寶筏，一編長護杏林春。

張如皐

豐潤人，嘉慶辛未進士，官保定府學教授。

夷齊求仁頌

不知父命不知天，伯夷烏得稱爲賢？父既遺命立叔季，不立叔弟豈非愆？叔齊既識天倫重，奈何父命反不用？棄命棄國苦節貞，矯廉祇等於陵仲。況是三人作弟兄，去國宜偕中子行。必攜叔弟同高蹈，胡不疑懟爾所生？惟即孔聖求仁論，進究同心無匿怨。參諸事勢得其真，不僅一時稱善遜。爲仁之道首親親，由家及國亦興仁。放之四海稱大順，垂諸後世永無垠。經德不回非干禄，變事知權克不辱。無營無欲積真修，可大可久成高躅。商周革命本乾元，父子兄弟亦難言。從周是父教子貳，抗周宗社豈能存？伯氏清操原本性，才德皆足膺大命。西岐積累已數朝，審勢度時難與競。惟時西土止仁君，三分有二服事殷。殷雷之政行山側，如燬之災淡汝墳。舍却孤竹慕爾國，來就豐邑緝熙德。大臣既詔三州侯，程典亦協六州職。從此再萃遠方才，後先疏附共追陪。青兖與冀咸服化，何人不樂登春臺。獨夫雖積盈貫惡，衆人不報世讐虐。惠澤漸漬兵燹消，豈非求仁濟時略。即值錫齡帝命終，孟津師渡八百同。叩馬數言回馬首，不教漂杵血流紅。遲之數歲商紂死，武庚改轍天禍彌。協和各得兩無猜，亦是求仁成厥美。武王不聽逆耳辭，黄鉞既仗白旄麾。憝國九十無横草，馘魔億萬盡伏尸。素願知不可驟得，立言世爲天下則。天地正氣不消亡，君父綱常賴扶植。隱首陽山歌采薇，易暴惟疵以暴非。野網若同殷祝解，求仁初念或無違。上溯勳華禪虞夏，寔以朱均不善化。用殄厥世救蒸黎，免致征誅興類禡。吁嗟徂兮歎命衰，命衰天理未常虧。祗因氣數弗能挽，干戈滿地不勝悲。不食周粟終於餓，弟後兄先克唱和。百世以下聞此風，廉厥貪夫立厥懦。史公作傳重於名，豈能深識聖之清。仁則在心名在外，徇人干譽竟何成？謹守孤城延旦夕，難與廉來辨黑白。兵臨城下講天倫，身敗名裂無良策。若論興讓在一時，所讓之國讓與誰？後人止效夷齊讓。争端禍烈益繁滋。哲人尚論論其世，探厥心源見真際。所求所得非虛聲，聖言判斷春秋例。

王維屏 補遺

字敬齋，玉田人，乾隆辛卯舉人。官湖北支江、石首知縣，德安同知，有《槐蔭堂夢餘詩稿》。

鄭長齡序：敬齋先生之詩歷乎窮通，純乎性情。宰楚北時，鋤强豪、捕盜賊，膽量既已過人，骨鯁更不屈己。故其爲詩，冲口而出，隨筆立就，自然流露，無事推敲，名曰《夢餘詩稿》。亦大夢初醒，借兹書事之意云。

梅　月

竹籬茅舍淡黄昏，不到羅浮亦有村。别是一般清意味，花香月色兩無痕。

松　風

團團偃蓋結濃陰,爽籟鳴時薄筑琴。夜半風來聲在樹,寒濤忽作老龍吟。

春　柳

淺碧輕黄萬萬條,含煙和雨不勝嬌。争從漢苑開新眼,又向隋隄折舞腰。有客牽衣京兆市,何人結帶洛陽橋。流光占得知多少,夢裹依稀似六朝。

梅　杖

分得江南一樹春,却教老去更精神。相攜明月歸茅舍,爲看閒雲過水濱。牆角疏花曾入畫,山中瘦影自隨身。從今不用愁腰脚,扶向橋東訪故人。

菊　枕

頗愛山林事事幽,擷來黄菊一囊收。空齋香滿憐高卧,冷夢花深作晚秋。身世不期成逸客，人間且莫笑方頭。醉中往往魂疑蝶，只記東籬是舊遊。

豆　腐

種向南山共麥麻，詩吟采菽品非誇。隨磨旋轉流瓊液，入釜翻騰滚雪花。點點凝成脂有色，層層剖破玉無瑕。箇中滋味誰能領？多在空囊仕宦家。

葉子戲

分陰當惜戒偷安，一擲千金膽欲寒。力挽頽風王貽上，王漁洋最恨此風，見《分甘餘話》。肇開薄俗馬湘蘭。明季妓女馬湘蘭始爲葉子戲，亦名馬弔。空纏萬貫羞囊澀，冀閏三更恨夜闌。多少英雄皆誤此，稼書真不愧儒冠。陸稼書先生有《戒賭文》。

盆　梅

瓦盆深護倚雲屏，花滿低枝香滿櫺。知是靈根分庾嶺，不教瘦影亂銅瓶。疏簾月上身全見，紙帳鐙斜夢乍醒。預想和羹今有兆，冰姿點綴緑莎廳。

辦軍需畢回任

書生無策亦臨戎，三月焦勞幕府中。別去關河歌雨雪，歸來楊柳拂春風。大臣早定籌邊略，上將時成露布功。俘馘定知星火急，京師共望捷旗紅。

遊龍蓋山 在石邑東二里許李靖遇龍母處

孤高積翠摩蒼穹，共説當年李衛公。馬鬣滴殘峰影出，龍湫響應谷聲空。半天人語驚飛鳥，一線晴光續斷虹。臨眺蒼茫多古意，至今浪湧麥田風。

戊午湖北鄉試，得外簾，扃試日上主司

使節雙瞻三楚近，恩綸疊錫九霄來。中朝相業韋平重，對策儒宗董賈推。好躡槐花雲路穩，高攀桂樹月輪開。國家正在求賢日，甄拔應多邁世才。

虞 姬 墓

舞袖雙垂別淚多，兵殘無奈敵情何。蛾眉竟化一抔土，虎帳曾驚半夜

歌。魄入黄泉還激烈，名同青塚不消磨。果真弗抱重瞳恨，定肯香魂垓下過。

趙依中 補遺

字理菴，豐潤人，乾隆乙卯舉人，官内閣中書。

凍　菜

欲求真淡泊，此味最宜人。尚帶園中色，能生雪裏春。華筵添玉筍，美饌配銀鱗。富貴溺人志，吾生宜隱淪。

高邑懷古

何故而至此，嗟余千里程。浮生真是夢，冷宦乍如驚。對宇宫牆隔，同寮意氣宏。徘徊鐵如意，異代有餘情。

和李雪樵

寒冬纔得息征輪，地遠城高别有春。饘粥於斯仍素食，几幃依舊愧重茵。昔聞鄗邑徵星斗，今見山雲出錦鱗。自顧凡材難免俗，暫同小隱效沈淪。

九日贈同學

節到重陽興正高，登臨肆志逞遊遨。仙招五嶽難尋李，花滿東籬幸有陶。雲外征鴻遥作字，林間煖酒可持螯。良辰幸免催租客，醉把茱萸氣自豪。

盆　菊

白衣送酒正堪嘗，催得盆中野菊黄。爲伴東籬老居士，無風無雨過重陽。

李沛然招賞桃花

曾聞漁父武陵行，雞犬桑麻別有情。愧我雖無彭澤筆，太平世界又天晴。

蘇震占

字柏庭，豐潤人，嘉慶己卯舉人，鉅鹿縣教諭。

蘇柏庭學博幼而穎異，塾師以神童目之。應童子試，三場皆冠軍。弱冠登賢書，由大挑司鉅鹿鐸。數年，解組歸里，以經史自娛，著有《皇王瑣鈔》，待梓。爲人謙抑自下，不慕榮利，引掖後進無倦容焉。

春日赴大孤山有感

一辭桑梓遄征日，便是閭門倚望時。敢爲遊春縫密密，特因去國意遲遲。山横夕照人初遠，柳上長隄月正窺。翹首鄉關何處所，萬重雲樹總漫瀰。

初冬赴大孤山

雲淡長天秋色老，風寒茅店木聲乾。登途遮莫下山易，鎮日迢遥行路難。詩思争奇拚走險，酒腸一飽儘當餐。某何爲是栖栖者，眼界從今豁大觀。

由大孤山回至山海關望故鄉

榆關高聳壓層城，指點西山倦眼清。馬迹緊隨眉宇豁，鄉心遥對夕陽明。杈枒老樹模糊露，淡遠層巒次第明。前路猶餘三百六，好商王造唱鸞聲。

李廷煐

字鑒泉，遵化州人。嘉慶癸酉副貢，官雲南州判，署南寧、平夷知縣，阿迷、宣威、陆涼知州，中甸同知，護理曲靖府知府事。捕盜被戕，賜卹入祀忠孝賢良祠，國史館立傳，賞雲騎尉世職，恩騎尉世襲罔替。

别寅友 遇難前數日作

僚左才華盡牧之，琴堂圍坐話襟期。此心似水君皆見，其臭如蘭我亦知。方慶彈冠成雅會，驀驚飛檄捧離思。長途到處多名蹟，好趁郵筒寄小詩。

别紳士

山環水繞凸邊城，文物衣冠舊有聲。示我周行多老宿，伊人宛在半諸生。琴鳴千室風猶古，酒飲歧亭味始清。惆悵無端成別緒，驪駒一唱暮雲橫。

别幕友

萬里天南作宦來，高朋滿座亦雄哉。案中則例歸經術，箋上珠璣見史才。幸有賢朋匡不逮，總緣形跡略無猜。長亭僂指班荆日，依舊蓮花繞幕開。

别耆民

綰綬巖疆近二年,勞形案牘少停肩。牛方思草當求牧,馬不勝驅漫著鞭。心地但知非墨吏,口碑應愧是青天。三杯醴酒深煩爾,豈忍臨歧選大錢。

别商旅

憐伊作客極天涯,旅次平安即是家。貨不居奇原有道,宅雖近市却無譁。經營易地千金子,辜負閒庭幾樹花。我亦欲歸歸未得,每依北斗望京華。

别吏胥

在官有禄祖西周,休道身微合下流。樂范勛名曾降隸,蕭曹刀筆也封侯。入鄉果不驚雞犬,多口誰能喚馬牛。臨發諄諄頻戒爾,陰功須向此中求。

卷　四

豐潤孫贊元襄臣甫編輯

男秉章、倬雲校字

竇徵榴

字桂園，豐潤人，諸生，有《征次吟》《岳陽吟草》。

王庚序：舅氏桂園先生負不羈才，詩灑然出塵。丁母憂，築斗室，坐卧其中，悲來輒哭，遂攖痼疾，年三十而殁。舅氏一門風雅，長姊蓮溪、次姊蘭軒，俱嫻吟詠，著《並芳集》行世。

揚　州

扁舟下緑水，撥棹過維揚。隋帝今無樹，歐公此建堂。漕鹽當孔道，淮海接巖疆。所恨非初夏，難逢芍藥芳。

過小孤山

見説潯陽地，揚帆此日經。小孤傳勝蹟，廣殿祀娉婷。浪卷千重白，山留一綫青。應知神力大,安穩鎮洪溟。

淮安即景

煙水見三洲,分疆古楚州。誰能知帶劍,我欲賦登樓。地足漁鹽利,風生葭菼秋。築隄應鞏固,安穩障黄流。

江寧懷古

扁舟秋向秣陵過,弔古頻教唤奈何。形勝至今猶巨鎮,英雄終古付江波。蘆飛亂雪青溪晚,柳帶斜陽白下多。撫景蒼涼西去客,興懷慷慨一悲歌。

至臨清

片帆鼓浪下沙邱,繫纜斜陽雜旅舟。衛水支流南北判,秦皇故跡古今愁。神威共向漳王賽,劫火猶從梵宇留。好趁良時凈殘暑,平原載榼恣遨遊。

渡黄

崐崘一派接天浮,兩界中分此泛舟。巨浪犇流穿大華,洪波砰湃入邗溝。直將一水吞淮濟，誰向三秋辨馬牛。底治功成何日是？夏王遺績至今留。

書齋晚作

暗淡幽窗日影沈，掩書兀兀思何禁。酒尊可許澆愁壘，鉛槧誰憐耗壯心。海上乘鸞人未見，隍中覆鹿夢難尋。牢騷欲寫無聊甚，千載還思梁父吟。

題《桃花扇》用蘭姊原韻

撥亂曾無衆志城，舊時奄孽勢偏成。横江空託調元相，依幕誰憐避罪生。意氣市人知俊鶻，飄摇名妓歎嚦鶯。南朝興廢無窮感，付與鴛鴦一段情。

秋　感

自命清奇論世苛，而今遭際竟如何。子雲有賦稱名少，伯起無權作色多。馬磨任人嗤落拓，牛衣只是歎蹉跎。風號窗紙霜鳴劍，慷慨中宵發浩歌。

著　述

著述何由繼古人，十年日月竟因循。抄胥漫自高聲價，巨眼原能辨假真。賦就三都應駭衆，吟成五字可通神。本來面目常須認，莫遣悠悠汩世塵。

獨負悠悠世上名，壯懷畢竟許誰爭。山川對坐開書帙，風雨長吟伴劍鳴。狂傲尚憐餘骨勁，幽癯應是得神清。叔孫自致千秋賞，何處堪羈魯二生。

閲故書見某相國名感賦

殘編偶擁短檠昏，重見中書舊級勛。堂上誰呼盧僕射，夢中如見霍將軍。功名漫説三生跡，眷屬真成萬里雲。欲向大雄問圓覺，因緣何處得前聞。

竇毓麟

字紫墅，豐潤人，諸生，徵榴弟。

李同生序：紫墅少以騎射世先人業，遊武庠。輕財好義，翩翩裘馬，有古任俠風。其詩亦天懷曠達，豪放自雄，視桂園之抑鬱幽深，又別具一性情矣。稿旋作旋棄，不可多覯，僅就竇太宜人所存者檢録之。

原蓮溪韻

前事追思淚雨潸，繁華返照下西山。鄖侯塢裹人非董，燕子樓中女姓關。窺鏡自憐爲色誤，遇郎重與訴時艱。堪悲杜宇啼紅後，春色匆匆去不還。

贈　人

人生最苦是萍浮，何事衰年尚未休。莫道廣陵風景好，青山也自有荒邱。

憐君白髮已盈頭，胡爲馳驅戀遠遊。想見壯懷猶未退，欲從塞上覓封侯。

題《長生殿》曲後

永晝身閑獨閉門，惟將吟詠度朝昏。無端翻閲長生殿，惹得青衫漬淚痕。

明妃曲

馬上琵琶曲未終，何曾有意怨東風。縱然絶塞荒涼甚，索勝終幽在漢宮。

鄭　佐

字伊圃，號湘芷，豐潤人，濟燾子。官布政司理問，有《紅蕉花館詩稿》。

孔憲彝序：伊圃性孤介，工文詞。少隨父官蘇松，與孫子瀟太史，王仲瞿、舒鐵雲兩孝廉選勝徵歌，極一時之盛。

答和孔繡山見贈之作

齷齪村居任性天，行沽費盡杖頭錢。清臞每羡松陰鶴，棲託憐同葉底蟬。錦句传来芸閣字，繩牀喚起竹窗眠。遲君前路瀛洲近，應勝邯鄲一夢緣。

春日書懷和友人韻

立向空庭擁布袍，闌前春色繞周遭。詩聯舊雨多三益，鬢染輕霜歎二毛。愁裏倍憐花爛漫，閒中静聽竹蕭騷。封侯自問雄心老，長鋏青光任久韜。

題司馬夢素女史《百蝶圖》卷子

羅浮仙影逗年光，畫向蘭閨晝正長。安得百花同日放，招來一一好分香。

晶簾低押綺窗疏，傅粉塗金伴著書。怪底郎君文似錦，彩毫知借女相如。

題沈偉如《采蓮圖》小影

摩訶池上妙香凝，坐對蓮花悟上乘。料得四聲歌水調，腰圍瘦却沈吴興。

楊紉蘭

字綺園，豐潤人，道光二年壬午科舉人。官藁城教諭，著有《洞簫樓詩稿》。

代贈蔣三少尹

春風翹首望金臺，緑酒紅鐙喜共陪。難得歧途逢益友，最欣幕府出奇才。侯嬴舊約何曾見，陸賈輕裝尚未回。料得京師挾策客，無人爲寄嶺頭梅。

如君那可別三日，況復客途相倚時。一院雪飛晨對酒，五更鐙炧夜論詩。參軍蠻語誰能解，劇孟豪情我最知。太息蠅頭與蝸角，輪蹏同是廢奔馳。

送別谷錫紱、王西園

嶺上梅花正小春，滿天離緒動歸輪。文章放膽傾流輩，戚舊關心送旅人。此夜偏留鴻爪跡，前途又逐馬蹏塵。君家經庫薪傳久，問字當年跡已陳。

水號還鄉客渡河，輪蹏滚滚鐵全磨。風雲聚散良朋共，筆墨因緣我輩多。小別且傾春酒淡，談詩深對夜鐙矬。微官欲就嗤雞肋，空遣王郎喚奈何。

賀郭禮卿五十得子

熊羆占夢已先知，垂暮何嫌得子遲。湯餅共分彌月喜，衾裯獨向小星私。芸編付託三千卷，麥飯香馨五百期。我聽嘑聲識英物，蘭階好與護瓊枝。

賊擾廣西破全州

聖主臨軒授節頻，赤眉未滅又黄巾。狼烽壓境添新鬼，牛火崩城痛故人。盧金第明府奉委，死全州之難。食肉謀疏空負國，攻心計拙枉殃民。賈生流涕知何益，幾輩猶然寢積薪。

移　家

百里攜家到此鄉，安排几榻廢商量。搬柴運米鄰翁助，補竈安床稚子忙。遷地何妨鳩借鵲，移居原爲鳳求凰。故人若問揚雄宅，只在頹垣壞井傍。

婚嫁由來累向平，謀新舍舊幾經營。敢云冀北無良馬，誰識江東有步兵。柳絮天涯遊子路，桃花流水故人情。遣懷聊作閒情賦，懶逐紅塵入市城。

避俗真同管幼安，一邱一壑任盤桓。無多囊篋移家易，若大乾坤插脚難。蹤跡每隨流水轉，妻奴休作異鄉看。寄園何處不堪寄，好共鷦鷯息羽翰。

題畫中素牡丹

都從香國問前因，淡淡輕妝净絶塵。莫遣玉環留一捻，且看樊素解微嚬。翰林詞賦清平調，仙女丰姿水月身。寄語世間紈絝子，花之富貴不驕人。

悼　亡 有序

僕本恨人，年逾知命。正悔微之之過，忽遭奉倩之傷。夢中二豎纏來，一病難醫；鏡裏孤鸞飛去，百年莫贖。青衫落拓，我愧才疏；紅粉催殘，卿悲命薄。稽丙辰以降，并屬同生；逢己酉而殂，未稱偕老。衾寒枕冷，頓教秋士形單；月闕花殘，致歎春婆夢短。死有知乎？生無望矣。茫茫泉路，痛紫玉之如煙；杳杳幽途，泣紅裙之化土。未成佳兆，且寄薄棺。思盡情而盡禮，麥舟之助無人；冀營奠而營齋，米廩之頒有日。恍兮忽兮，夢耶醒耶？從此零鍼賸線，觸物盡屬傷心；當時弱草幽花，對景皆堪濺淚。意本舉騷，音多愁苦。誄内之文甫就，悼亡之什旋成焉耳。

雲散煙消跡杳然，百年伉儷隔重泉。艱難已滿前生債，婉轉還期後世緣。吐盡情絲蠶脱殼，飛乾翅粉蝶魂捐。從今喚醒羅浮夢，忍乞鸞膠緒斷絃？

鹿車偕挽奉慈幃，陌上花開緩緩歸。交謫不聞知有命，友賓相敬解無違。曾陪夜讀挑明燭，爲助行裝點嫁衣。回首不堪思往事，檐前愁見燕雙飛。

四十年來苦境多，茹荼飲水奈愁何。爲籌七事搜釵釧，自退三朝却綺羅。一念憂傷招病豎，半生和好等情魔。而今回憶俱堪痛，我亦人間春夢婆。

憶昔京華羈此身，深閨無那翠眉顰。牽蘿補屋忘憔悴，翦燭縫裳試苦辛。淡淡梅花窗外月，青青楊柳陌頭春。早知未老成長别，何事年年作旅人。

醫卜無靈恨轉加，半生情好等虛花。紅顏豈盡才人誤，白首方知壯志差。紙樣面皮柴樣骨，髮如蓬草腹如瓜。可憐忍死頻相問，恐我悠悠又去家。

自安荊布飽鹽虀，得配黔婁是令妻。大樹至今無將種，枯楊何日更生梯。案留誰對梁鴻舉，橋在空存司馬題。此後總教膺薄禄，九原誰報紫封泥。

輓杜文正公

良弼騎箕去，欽旌萬里來。天不遺一老，星竟隕三能。庶草同聲哭，靈椿奉召哀。東南念民瘼，留恨到泉台。

閒　詠

鏡裏驚心歎二毛，元龍湖海氣仍豪。三年磨滅禰衡刺，一介單寒范叔袍。到處鴻飛雙爪印，何人相馬九方皋。平生期許真堪笑，詩品官階兩不高。

天津道中即景

賜履當年近北燕，茫茫百里絶人煙。秋風平野珊瑚海，落日殘霞玳瑁天。古蹟尚留鹽母廟，荒郊誰墾竈民田。霸才官府遵遺制，大利於今上下權。

梅花疊韻 三十首

早　梅

一枝昨夜忽通神，深雪村頭集妙真。天子未催撾鼓吏，山僧先作過橋人。凡英簇簇難尋跡，江樹垂垂竟絶塵。不是獨淩寒氣發，如何能占萬花春。

老　梅

幾生修到少君神，畢竟童顔自得真。此日洪崖仙尉客，當年文潞社中人。冰霜勵節推前輩，桃李成陰讓後塵。健骨老來知益壯，一枝鐵幹總留春。

瘦　梅

沈約相逢映素神，愛他丰格韻而真。共評飛燕爲仙子，不讓阿環作美人。影俏自憐清白體，骨奇不耐輭紅塵。一從飯顆吟詩後，憔悴年年爲病春。

月　梅

曾從桂殿鍊精神，花與姮娥契最真。寫照定招青眼客，扣門應到縞衣人。冰壺濯魄清留影，玉鏡臨妝浄洗塵。斗轉參横誰是伴，暗香浮處好尋春。

問　梅

化身是否放翁神，萬樹爲林假亦真。總與庭堅作兄弟，豈甘和靖唤夫人。誰家冷艷偏宜月，何處清香不染塵。今日世情難牴牾，怪他常與雪争春。

評　梅

遜白輸香擬盡神，孤山處士詠來真。共推南國無雙品，不作東風第二人。平結寒盟須友竹，但論清骨已超塵。雪窗下筆親斟酌，月旦評來有定春。

浴　梅

澣得冰姿似洛神，風前只合唤真真。薔薇露早澆詩客，蘭桂湯宜浴美人。百歲定能除鶴虱，一生應不染蛛塵。須知灌溉殷勤意，抵得東皇雨澤春。

别　梅

回首孤山久繫神，文通賦就最情真。得交松竹成三友，再會風騷少一人。芳訊頻傳憑驛使，離懷如結委車塵。臨歧若問江南景，何遜揚州正詠春。

古　梅

秦時明月比精神，龍卧成都節益真。漢柏唐松空後輩，高山流水見前人。百年風雪茫茫劫，六代煙花點點塵。分付微吟莫相狎，知他歷盡幾多春。

落　梅

斷送瓊英似有神，舞山香曲唱偏真。三更野寺留孤鶴，五月江城送遠人。合雪嚼來寒有味，被風吹去幻無塵。段家橋畔花千樹，待到明年再問春。

孤　梅

無言倚竹獨凝神，江畔垂垂抱素真。獨向空山稱冷客，誰知絶世見佳人。夕陽錯認桃花影，孤鶴輕攜杏陌塵。自落自開還自賞，也曾領取一番春。

畫梅

不畫丰姿慣畫神，得逢佳士定傳真。揮毫自展臨風樹，挂壁如親對面人。圖内消寒花有數，屏間寫照筆無塵。欲知粉本誰留稿，月上紗窗一卷春。

薛道士洞

翠柏被崇岡，黛石嵌高壤。攜杖訪招提，蹇衣避荆莽。松鼠下銜榛，嶺猿聚拾橡。路轉復峰回，靈境忽開朗。溼雲壓墖尖，積雪侵書幌。昔有薛道人，結茅此偃仰。仙去跡仍留，古洞石明敞。伏地卧龜蛇，循牆立魍魎。時人多好奇，入洞窮探賞。秉炬繫長繩，結伴有三兩。傴僂折乃腰，匍匐行以掌。如穿九曲珠，婉轉下復上。鍾乳四壁凝，盡作瞿曇像。小憩坐石牀，幻怪勞神想。愈入愈幽邃，氣悶意忽怳。颯颯生陰風，潺潺聽泉響。心怯返身急，昂首石觸顙。蛇行出探頭，喜見朝陽晃。此非安樂窩，儘可藏妖蟒。何如桃花源，令人心嚮往。

鴉片鬼歌

灰劫茫茫大煙起，億萬生人化煙鬼。煙鬼樂死不樂生，鬼若無煙生亦死。洋舶萬里到三津，煙土騰昂價比銀。白日昏昏煙漠漠，眼前見鬼不見人。房櫳寂靜鐙如豆，一鬼登牀群鬼凑。鬼手冷馨鬼臉青，鬼語啁啾鬼影瘦。最是煙消鐙暗時，枕邊鬼倒如僵屍。鐵箸銀杯堆狼籍，人去人來鬼不知。更收餘燼陶復煮，入口真成緒命絲。故鬼癮大新鬼小，紛紛争把短鎗持。君不見茶有神、酒有仙，老饕貪食腹便便。胡爲乎生於煙、死於煙，生先登鬼籙，死不受人憐。待至煙盡鬼斯滅，枉費人間有用錢。

除夕述懷五十韻

久客傷飄泊，殘年感滯留。世情真泛泛，鄉夢轉悠悠。應節梅横檻，催詩酒酌甌。倏忽除日月，容易謝交遊。物采天街换，人煙帝里稠。五窮驅鬼技，百福迓神庥。顧我成秦贅，同誰問楚囚。低徊徘宿悶，潦倒觸離憂。憶昔承先澤，從教奮遠猷。敝廬容嘯傲，負郭守田疇。左右圖兼史，林泉唱復酬。比鄰深款洽，兒輩任啁啾。硯滴淩晨露，鐙焚繼晷油。芸窗螢熠熠，苹野鹿呦呦。雀館徒常聚，鱣堂帳漫收。雲龍拚一第，霧豹擬千秋。鋭意方挾策，雄心待展籌。驊騮奔孔道，鸚鵡記芳洲。慷慨辭湮水，欷歔覽薊邱。黄金期賣駿，紫綬想鳴騶。司馬題橋去，禰衡抱刺投。相逢工説項，得地便依劉。資斧需原急，文章賤亦售。冬烘空自笑，夏屋爲誰謳。瑟向王門鼓，珠教海客搜。屢傳歸雁信，聊寄瘦羊脩。依柱三彈唱，還家四壁愁。塵應生飯甑，衣不暖薰篝。已愧飧書蠹，頻遭害稼蟊。轉参嚴武幕，重上仲宣樓。虀粥分須飽，霓裳譜欲偷。匹夫雖獻璞，仕路只貽球。忍使桐爲爨，翻嗟矢脱鍭。誰家紅鞶帶，此日黑貂裘。填海冤禽恨，歸巢倦鳥休。盤中鷄臆肋，櫪下驥離鞦。畫餅名猶負，摶鵬氣尚遒。祖生先我未，鄧禹笑人不？此事論成敗，於時任逗遛。何戡裁舊約，劇孟接新儔。伎賭旂亭句，朋猜綺席鬮。因緣花過眼，眷戀錦纏頭。仙洞桃初放，隋隄柳正柔。王孫芳草地，公子木蘭舟。惘惘蹤難定，淒淒目屢揉。登臺思避債，築室想成謀。寶鏡纔封匣，泥輪又轉輈。南行尋省會，西望渡盧溝。野水寒冰合，長途雨雪瀌。晚風磨銕箭，曉月挂晶毬。古跡前程認，閒情勝景勾。嚴城經涿郡，遺廟拜桓侯。訪戴方多興，瞻韓竟未由。覆蕉迷鹿得，緣木悔魚求。心縱長安戀，疾須遠志瘳。囊空奴去主，巢寄鵲居鳩。吾豈瓜長繫，人將瓦共摳。琴裝輸典庫，書籍借荆州。涸轍存殘喘，餘生抵贅疣。賣漿真可異，乞米最堪羞。蓋隴難藏鼠，鹽車易困牛。絮漂詩懺應，楊厄閏年周。骨肉腸頻轉，關山跡尚浮。今宵勞悵望，何日足夷猶。守歲椒花薦，消更蠟蕊抽。錯多饒鐵鑄，才細費冰鏤。短髮襟懷減，長吟涕淚流。青袍原自誤，失計歎潛虬。

吴廷溥

字仁波，豐潤人，道光庚子第七名進士。歷官户科給事中，改户部員外郎，道銜知府。

《豐潤志》：廷溥由翰林擢諫垣，直言敢諫，不避權貴，一時名滿都下。成廟中屢奉特旨召見，後因上疏罷職，改官郎署，卒於官。

趙國華觀察《青草堂集》：吴侍御廷溥在諫垣，多所陳告。顯廟初，請查順天冒籍，疏凡數上，得旨依議，畿輔科目盡復實才。重誦抄牘，至於涕下沾膺。詩云：網軒銀燭問朝衣，再拜天門鳳侶稀。只恐萊公歸去後，再無軼事付鄰幾。

題同鄉史蘭畦觀察《乘風破浪圖》

風檣一葉氣吞鯨，瓊海搶渠鱷浪驚。擲地兜牟應汗體，大功竟已出書生。

蛟龍巨筆捷書飛，燕頷書生獻馘歸。擊楫中流存壯志，祇今誰與擬依稀。

孫晉墀

字雲溪，玉田人，道光庚子聯捷進士。歷官翰林院侍講、提督山西學政，署雁平道。

九月即事

瀟瀟風雨透衣涼，懶覓茱萸製珮囊。客路題餻經廿載，故園把酒又重陽。蘆荒斷岸秋如雪，菊瘦平畦夜未霜。最惜年來鄉味改，何曾一擘蟹螯嘗。

酬別薛梅莊

昨夜春深恨亦深，一樽別酒且狂吟。東風客路三年淚，積雪窮荒萬里心。裘馬驚人皆俗物，文章好古孰知音。入關應我重回首，雁斷天遥信易沈。

塞外

天地常爲客，勞勞役此形。河源風雨白，山岳古今青。薊北愁兄弟，燕南望户庭。不須諳世事,終日醉冥冥。

懷沈友山師 諱鍾,浙江德清諸生。墀隨大父任,在豫受業

憶我垂髫始七齡,先生入洛望亭亭。描摹字畫虚窗白,授受詩篇夜火青。秋水一帆歸太促,陽關三疊曲難聽。如何覓得蓴鱸味,頓把音書付杳冥。

懷姚鏡塘師 諱學塽,浙江歸安人,丙辰進士,官兵部員外郎

漫怪形容似比邱,肝腸鐵石氣橫秋。千篇宿藁藏行篋,幾載禪房擁敝裘。寓水月禪林。射策堪褫權相魄,廷試直發和珅之奸,閲者駭然,抑置榜末。當官不受要人求。獨於詩酒無拘束,弄月吟風憶昔游。

懷吴美存師 諱其彦,河南固始人,己未翰林。提學順天,墀歲試冠軍,飭舉優行

青衿猶是魯諸生,刮目相看分外明。已愧文章輸妙品,何堪孝友被嘉名。無才謬許公門列,有弟還容泮水行。何事天年同管輅,平灤空盼返蜺旌。先生五旬歿。

懷黄俊民師 諱中傑，江西南昌人，壬戌翰林。鄉試蒙薦

少小塗鴉愧藝林，何期相賞遇知音。獨憐抱我窮途命，枉費搜珊大匠心。一蹶竟難攀月窟，十科誰更識焦琴。如今欲報登瀛信，隔得黄泉不可尋。

懷帥海門師 諱承瀚，湖北黄梅人，乙丑翰林，提學順天。墀以事被邑令陳億誤陷，幾入獄。先生按臨，廉得其情，出之。歲科試并冠軍

憐才愛士本虚公，相賞非關掉筆鋒。墀憤訴邑宰詞，先生覽之曰："此秀才絶妙文也。"器重原爲巢閣鳳，泥塗認得奪標龍。公登柏府三台座，我到蓬萊第一峰。纔喜同朝聯沆瀣，緣何又去主芙蓉。

懷毛伯雨師 諱式郇，山東歷城人，己未翰林。提學順天，墀歲試冠軍。及應拔萃科，竟以卷中屢誤不果，先生深惋惜焉

許我文壇拔幟登，使君屬望目頻凝。掄才欲選群中鶴，誤筆偏成畫裏蠅。未得襴衫拋白紵，猶聞餅餤賜紅綾。墀成進士，先生尚在。情深涿鹿春鐙夜，一送輶軒不再乘。墀司訓涿州，先生視學江南，過此一覿，後遂歿。

懷孫春叔師 諱日萱，安徽休甯人，丙戌翰林。己亥校鄉闈，得墀卷，遂獲售。去官後，粵匪陷休甯，遇害

藉甚文名未易攀，棘闈撤後省尊顏。識高牝牡驪黃外，拔向泥塗瓦礫間。久佩彈章驚海宇，最憐効節在鄉山。八年暫喜重陪侍，再覯無緣歎遇慳。

懷韓雪坡刺史 諱振歐，陜西涇陽人。癸未翰林，改知縣，權署涿州，升遵化州，未任卒

罡風吹羽落蓬萊，移得新花滿縣栽。永晝風清琴在案，良宵月朗客銜杯。論文獨賞興公賦，作畫還憐道韞才。夫人王晦香，善畫工詩。惜我州人真福薄，官銜不見隼旟來。

懷黄邁溪同年 名麟祥，江西人

同上青雲白尺梯，賈生才調首争低。妙書未許籠鵝換，好句真從落雁攜。酒給黄封纔共醉，樓成白玉竟教題。葠苓不是常茶飯，何事當時總執迷。病後服附子數斤，同年萬藕舲至，碎其药鼎。

懷鄭問菴 名之鐘，豐潤人，甲辰進士，山東知縣

本來王謝比門高，落拓難堪此日遭。那得栖遲依棟宇，無屋可居。還謀滫瀡到脂膏。事母極孝。一朝登第聲名貴，幾載臨民案牘勞。纔到中年驚跨鶴，夢遊空憶飲醇醪。

題胡志簫《鷗夢集》志簫以事謫戍渾源

鬼神每與文字讐，才人因之多煩憂。男兒四方亦有志，時命不可以力求。吾家藍田近帝里，高車駟馬紛交遊。紈袴總令識者厭，伏櫪豈必無驊騮。乙亥之夏偶出塞，與君相遇荒城陬。昂昂鷄群鶴獨立，南冠而縶一楚囚。伸眉拍手終夜語，大論直抉八千秋。有時沽酒促膝飲，俯仰笑傲輕王侯。横笛三弄破寥廓，援筆作畫蟠蛟虬。袖中詩稾豁我目，披編朗讀風雨愁。恍聞鼓吹地有籟，出語不與古今謀。魚龍跳盪星斗落，倒捲黄河天上流。昔人忠貞亦被逐，離騷鬱鬱湘江頭。或向水底醉撈月，何人詞賦懸山邱。從來君子多失志，狡兔詎必罹於罦。嗟哉君子已潦倒，一任呼馬而呼牛。自謂人生貴適意，狂歌拔劍孰匹儔。囊橐搜索盡償醉，夏亦不葛冬不裘。功名富貴徒爾爾，達士豈以貧賤羞。荆山璞玉自有價，卞氏刖足何所尤。不得其平則必鳴，激昂慷慨誰爲酬。君豪擊筑我亦哭，側目塵世空浮漚。李杜韓蘇既已死，卓犖惟有詩卷留。志簫志簫果何罪？才名豈遂軃尶休？君不見栩栩蝴蝶乃大夢，况爾浮沈半世無異乎東西南北天地之一鷗。

孫超曾

字傑園，號石溪，玉田人，諸生，著有《海岑詩集》。

孫慰曾序：余弟石溪酷好詩，習篆隸、章草，秀勁可觀，畫宗倪雲林。諸子百家，皆博覽强記，爲文灑落無羈靮。卒年二十有二。

楊孝廉紉蘭《海岑詩集題詞》云：遺編讀竟益辛酸，如此才華得亦難。未免傷他蟬殼脱，可憐留作豹皮看。三生慧業同長吉，四海文名重子安。我爲元方頻灑涕，鳳樓人去雁行單。　鏤心刻骨費經營，弱冠騷壇狎主盟。心太孤高行太潔，詞何蕭颯韻何清。聰明竟損今生福，辛苦全争没世名。絲盡蠶枯俱是幻，芙蓉誰見有專城。

題　畫

谷口行人少，披圖對夕曛。樹深微辨寺，山静自生雲。老鶴風前影，蒼苔雨後紋。林泉如有約，嘗共酒杯醺。

過居庸關

莽莽亂雲横，陰厓接杳冥。沙兼寒日白，山截塞門青。絶壑下飛瀑，風聲聞墖鈴。古來重險地，笳吹不堪聽。

李氏園

偶來池畔立，秋色落庭陰。幽意付流水，花閒鳴玉琴。林泉供薄税，詩酒寂名心。坐久興能遣，清寒入我襟。

送友人入都

餞酒虛堂上，明朝悵別離。馬嘶芳草外，人去落花時。風雨愁長路，關河問後期。不堪亭畔柳，攀折共淒其。

不寐

幽齋客岑寂，唧唧聽吟蛩。夢斷三更雨，秋生一笛風。蕭騷飛木葉，嘹唳去征鴻。永夜愁偏攪，裁詩那易工。

出村

小步斜陽外，平原澹夕煙。東風吹短草，野水上春田。蒼翠遥林合，瀠洄別浦連。牧童清興好，弄笛柳橋邊。

獨坐

夜氣清如水，悠然動客情。柴門明月上，高樹晚涼生。酒醒坐無寐，愁多病易成。微風何料峭，處處候蟲鳴。

題　畫

萬山環四面，杳靄見孤村。松影碧連屋，泉聲清到門。短籬餘竹色，深徑護苔痕。誰解卧遊樂，牀頭酒一尊。

病　夜

夜雨何時歇，涼蛩更苦吟。窗虛聞木落，鐙暗覺秋侵。卧病中宵感，懷人萬里心。誰家高閣上，長笛發孤音。

酬廉步元

英姿颯爽最憐君，筆走春蠶更不群。早歲論詩謝康樂，半生多病沈休文。即今離別愁潭水，此後心情總暮雲。不忍再賡腸斷句，河橋楊柳已紛紛。

泊柳沽

渺渺孤舟月欲斜，荻蘆風起客愁加。船迴驚破野鷗夢，飛過一灘紅蓼花。

董恩布

字雨田，遵化州人。監生，著有《杏村老人詩稿》。

自　嘲

終日濡毫作字忙，還將餘墨畫瀟湘。偷閒覓取新詩句，好事尋磨古印章。教子談經開笑口，訓蒙課藝索枯腸。尋常遇有敲門客，便是求醫問葯方。

蟹　僧

本在恒河沙數中，一輪郭索轉秋風。雖然甲介藏身固，宛爾鬚眉脱殼空。舍利生前原貯紫，袈裟火後已成紅。荼毘捨却皆歡喜，大嚼隨緣佛性同。

王念祖

字繩其，豐潤人，道光壬午舉人。

王繩其孝廉天才曠達，因屢躓春闈，遂以詩酒自娱。且左手工書，右手善畫，嘗自鐫其印章曰“兩手齊忙”。詩稿旋作旋棄，不可多覯，兹特一斑。

長山紀遊留別同志諸公

於陵小住亦前緣，底事驚心歲月殘。結契都從天外合，姓名久許卷中看。長山有讀余鄉墨者。胸無俗累依人慣，身有微名入世難。自笑年來成傀儡，也隨松柏到天寒。

槐忙幻作濟南遊，勝事同登古選樓。隨佟翰秋表叔。且喜文心通海岱，不教星彩暗奎婁。明湖月白家千里，泰嶽風高字一秋。轉瞬春卿開佛選，藍毫辛苦倩誰酬。

文章吏治豈爭先，暗裏調停近一年。未敢衡文憎艾氣，惟期示辱静蒲鞭。民風古樸欽先澤，宦路滄桑恨夙緣。一笑冥鴻飛去也，天風海水兩茫然。

寄堂弟璜

高曾佑啟果何存，剩有青箱手澤新。堂構莫悲先世業，文章不禁後來人。青氈舊是吾家物，白屋何妨處士貧。草舍繩樞兄自愧，鳳樓望爾筆生春。

秋柳用漁洋原韻

瀟瀟去馬幾消魂，倩爾金風彭澤門。張緒風流明月底，里娘憔悴晚煙痕。迢迢野舫斜陽岸，點點寒鴉落葉村。若待東君回笑日，永豐煙景向誰論。

詠　　史

力拔山兮豈足多，竟因亭長歎蹉跎。范增自詡英雄眼，翻使英雄喚奈何。

進履橋邊事杳茫，全將小術佐君王。炎劉不繼商周後，半爲陰謀肇子房。

小橋新柳 鄉村十景詩

相逢雁齒小紅橋，點綴鵝黄舞細腰。不是灞陨人賦别，緣何離恨一條條。

紅絢桃園

雙鬟低亞翠雲舒，點染紅霞夕照餘。春色未隨流水去，何須重問武陵漁。

露冷蓮塘

名花曾貯遠公龕，露滴珍珠味正甘。白舫不知紅粉暮，隔溪猶唱大江南。

決隄瀑布

雪浪珠泉古至今,西流洹水接濤音。玉龍戰罷歸何處,暫伏長隄試一吟。

鄭長齡

字鍾秀,豐潤人。嘉慶庚申舉人,官湖北咸豐知縣。

和王繩其詩

古寺讀書

寂寂禪關静絶塵,詩囊琴匣自相親。下帷不聽生公法,只學當年面壁人。

小橋新柳

和風淡淡雨瀟瀟,萬縷千絲壓小橋。幾日新晴飛作絮,遠離泥渚入雲霄。

野岸春畦

繞籬一帶菜花開，灌叟園丁數往回。好景最憐風日暖，香畦多少蝶飛來。

香凝藥圃

風清日暖午晴新，婪尾開時到暮春。金帶須知仙品貴，肯隨溱洧贈遊人。

决隄瀑布

數尺懸流白練飛，穿崖裂石濺珠璣。客眠夜半聞風雨，問是巫山倒峽非。

王　巖

字素心，豐潤人，嘉慶己卯舉人。

王素心孝廉負不羈之才，有詩狂之號。因與泛司共争一獄，致附深文，同人惜之。生平著作甚富，率多散失，僅存《入晉草》一卷。

與客泛舟

扁舟緩纜曳秋風，煮酒烹鱸客主同。遊興未闌明月上，一聲鐵板大江東。

同客觀魚

走徧魚村廿四遥，短衣長策馬蹏驕。醉歸仍識來時路，疏柳荒煙舊草橋。

春　　閨

明知顔色海棠羞，佯問奴顔及也不。勉强簪花聊戲耳，累渠三日未梳頭。

恐負香衾睡起遲，晶簾不捲曉妝時。侍兒自换銅瓶水，插得梨花四五枝。

夏　　居

湘箔生波溽暑删，披襟人坐小嫏嬛。調冰少婦時相問，君是神仙第幾班。

杜宗師指覆試《洗硯賦》命題，取十屬第一

覆試開場特指名，何勞歡喜不須驚。率投一首尋常賦，又挂新牌冠

北平。

和性上人期許之重

曾笑當年飯後鐘,風塵自信識英雄。我今先負煨芋約,應與唐人鑄錯同。

同客天街步雪

攜手天街得得遊,不嫌雪點涴貂裘。偶因口渴詩思澀,一轉宫牆上酒樓。

同客遊御河橋,因遠觀白塧寺與瀛台,三更歸寓

瓊樹瑶池接玉京,斯情豈是世中情。夜歸又笑人無賴,謊説官銜嚇老兵。

題　扇

自愧年年守墨池,何曾一筆似羲之。爲君偷寫黄庭字,莫遣山陰道士知。

題詞原韻叚廣文

調演巴渝未是詩，何堪傳與大方知。只因一借吹噓力，賺得人人唱竹枝。

如此填胸塊壘何，不悲歌矣又悲歌。寄言説與知音客，自古燕人感慨多。

憶昔津門號筆狂，也收風土入詩章。圖𦡱寫就方𦡱畫，誰復憐才似六郎。余有《津門竹枝詞》十餘首，友人副貢殷雅琴寫成圖畫。雅琴行六，貌美，有"蓮花六郎"之戲，故云。

今古文章大導師，聊分餘緒譜新詞。可憐老作吴門乞，吹倦簫聲人不知。

從此騷壇共誓師，當場好鬭外孫詞。只愁兩箇風狂將，禍結兵連老不知。

王某因趙二兄乞書扇贈詩，率律一首

名字形容參與商，漫勞素扇索詩章。無從著筆應歸趙，未免關情是姓王。五百年前曾共爨，再經劫後又同堂。應憐均衍烏衣派，君自家園我異鄉。

幺占元

字東圃，豐潤人，優廩貢生。

送友之吴

執此杯中酒，慇懃送遠行。江頭分雁影，水面雜鷗聲。獨赴東風去，誰憐夜月明。歸來應有約，望到暮雲横。

舟中懷友

分袂天涯遠，離愁積寸心。岸風吹雨細，江霧鎖林深。悵望隔秋水，相思動苦吟。茫茫回首處，目斷幾沾襟。

秋宵自遣

苔痕侵玉砌，月影映書臺。茶熟心如醉，花寒手自栽。白雲隨水去，黄葉逐風來。點點皆秋色，閒情迴未開。

清溪偶成

秋來何所事，艤泊對清溪。隨意垂綸釣，怡情聽鳥啼。薄涼山雨後，幽韻竹窗西。獨泛蘆花静，斜陽岸草齊。

蔣　詢

字雲溪，玉田人，諸生。

贈張又江

千秋金鑑著初成，好客歡從倒屣迎。架引龍鬚圍四座，茶煎鳳餅話三生。辭淩珠玉天花亂，氣吐虹霓麈尾輕。坐久共忘歸路晚，滿溪星斗映人明。

白秋海棠

深院斜陽晝掩門，斷腸花發緑苔盆。瑶池水浸霜娥影，玉砌煙籠月姊魂。倦倚秋風含醉態，妝慵宿雨泫啼痕。誰家少婦相思淚，結得輕冰徹夜昏。

重九偕張登五、張羽豐、孫公純出遊

黄人捧出日曈曨，更爲登高眼界空。水樹千重封薊北，雲峰四起帶遼東。煙籠晚浦涵天碧，霞蘸秋風浸地紅。覓得新詩無限料，蒼茫都付畫圖中。

重九次孫公純韻，隨飲寺中

霾雲積雨片時開，杖履叨從左右陪。筆陣自饒扛鼎力，詞鋒誰讓掞天才。平皋雁引愁心去，極浦風催好句來。搔首蒼茫相對久，詩魂幾上鳳凰臺。

葉彫高柳飽經霜，金翦疏籬飛碎黄。四壁煙霞供我輩，一天風雨作重陽。澆愁喜對中山酒，避厄羞懸桓景囊。敢向諸君拌盡醉，惟酬佳節在壺觴。

相從物外暢幽情，野寺風軒共舉觥。古砌封苔行有跡，荒庭落葉踏無聲。詩魔静伏歸禪域，愁陣衝開縱酒兵。死便相埋君莫笑，早將泡影悟浮生。

霜翦秋風葉滿林，縱眸頓覺豁秋心。江山有癖歸詩酒，風月無情任古今。避厄自饒桓景佩，知音誰奏伯牙琴。科頭箕踞長廊下，不語看君擁鼻吟。

次姪蕉軒《登高》韻

巉巖直與碧天摩，平見陽烏拂面過。陰靄帶雲籠古塞，晴虹垂雨跨長河。衝風浪打漁舟小，叫月煙迷雁陣多。醉眼乾坤舒一嘯，悲秋杜句不須哦。

蔣敘倫

字錫九，號蕉軒，玉田人。道光壬午進士，江西崇義知縣。

監試李星白先生以詩贈諸同考，次韻奉答 道光乙酉江右闈中

叨陪玉筍綴班聯，同譜慚余長數年。家玉峰同年。麟士才華空晉魏，沈畹芸同年。曲江風度出林泉。張潤夫同年。書裝玳瑁縑緗富，王菊畦。筆架珊瑚錦句傳。徐山民。講席曾聞分白鹿，陸二雅同年。詞章那許和青蓮。李畬齋同年。西鄰宋玉騷人賦，宋雲湖。東觀黄香福地仙。黄壺舟同年。入座春風兼化雨，程桂堂同年。澄懷霽月絶塵緣。周星垣同年。聚星不獨元方在，陳小士，與曉峰同姓。懸榻非徒大尹然。陳曉峰，分尹吴城。竊喜龍門今許托，李星白。新詩拜獻使君船。

闈中即事次沈畹芸韻

丹桂香飄月到遲，昔年甘苦寸心知。篋中尚有青衫在，記否龍門點額時。

蔣軼倫

字淩九，號倩仙，嘉慶己卯舉人，完縣訓導。

白牡丹

沉香亭畔澹流霞，魏紫姚黄世漫誇。素質天然真國色，濃妝大半出村家。雲裳輕拂瑶臺月，玉貌微籠碧帳紗。自是花王高品格，縱居富貴不繁華。

七夕驗網

鍼穿七孔乍停時，得巧全憑蟢子知。雲樣未裁天上錦，螺痕先驗盒中絲。新縈密麗沈星魄，小結綢繆映月規。長願世間無拙者，免教相妒攏工倕。

李登螭

字翰伯，遵化州人。道光壬午進士，陝西中部知縣。

桃笙詩仿韓孟聯句體

靳竹不爲留，織却湘江水。咄哉造物工，奇矣巧匠指。一束卷似羅，八尺平如砥。筠浮霜雪留，節浄礲砢靡。料飛宛轉紋，密綴縱横理。堅緻色蒼黄，凝滑光旖旎。想其取材時，定在清冷涘。蛟龍赫然怒，雷雨倏忽起。歸攤月明中，去濯錦江裏。桃笙錫名嘉，琉璃堪媲美。自從入夏來，終日坐甑底。驕陽肆憑陵，火繖紛恢詭。氍毹有餘溫，罽氈難嚮邇。遇身暑若蒸，漫膚汗如沚。何來卧其清，消此炎夏燬。平鋪碧波流，半展涼飆駛。乍眠肌栗生，久卧夢魂旨。宿酲賴爾捐，沈疴豁然已。遥憶途中人，擔弛暍欲死。安得淇園籜，盡爲方簟止。舉世登紝席，吾懷庶欣喜。

卷　五

豐潤孫贊元襄臣甫編輯
遵化史恩培竹孫甫參訂

鄭　濂

字悦周，號拙翁，豐潤人，貢生，著有《就正集》一卷。

張檢序：先生天性孝友，睦宗族，禮姻親，保護鄉里，誠心公道，衆屬望焉。自入學食餼後，專意課徒讀書，乃經明行修。屢薦秋闈不果，家計不充，處之怡然。伯叔兄弟之喪，皆先生竭力營葬焉。常書其户曰："守分安命，順時應天。"卒年九十有四。

王作礪序：先生品端學粹，耽吟詠，善戲謔，爲人談説，聞者莫不解頤。年即耄，猶課生徒。一生性情沖淡，胸襟開豁，無滯機，無宿物，不怨不尤，遯世無悶，其庶幾乎！

垂　釣

涼雨過村外，持竿釣碧川。蒹葭明滴翠，禾黍暗生煙。流水動秋樹，沈雲低暮天。莊生濠上意，隔浦問漁船。

客　至

桃花昨夜開，今日故人來。榻埽荀君席，門除仲蔚萊。論文茶七盞，話舊酒三杯。醉裹各拈韻，詩成敲復推。

送别李伯溪

得識荆州幸指迷，行旌又復促晨鷄。路旁翻恨垂楊柳，不爲征人繫馬蹏。

張貞女 山東張貢生女端孃，許字未嫁而夫亡，女作《絶命詞》十首自盡

荒原貞冢暮啼鴉，芳草淒迷泣露華。一縷孤魂誰作伴，滿天明月照黄花。

菊　花

散彩舒英殿晚秋，衹憑傲質寄風流。嚴霜不改平生色，莫向繁華隊裹求。

白　菊

不將黄紫鬭東籬，靚浄新妝稱素姿。霜逼重陽添蕊重，月明三徑吐英

遲。縞衣送酒人同淡，粉翅偷香蝶亦疑。寄語紅顔休插鬢，恐教錯認幾莖絲。

祇憑皓質傲重陽，妝點秋容發素光。明月乍添三徑雪，西風碎翦一籬霜。問名正合晶毬潔，對飲偏宜玉液香。洗净鉛華歸淡泊，好同彭澤老江鄉。

贈許州李進士

先生英傑起中州，爲赴瓊林輦下遊。問水問山真灑落，能詩能酒自優游。醇醪德性心如醉，繁露文章雅欲流。授我一編醫盡俗，金鍼不惜度千秋。

晨　　起

卅載羊裘短不完，疏櫺破紙透風寒。妻敲石火烹新茗，婢斂蓬柴煮早餐。八度劉蕡同下第，幾人貢禹慶彈冠。半生聊逐侏儒飽，任爾時賢白眼看。

登北平城樓懷古

墨胎古鎮拱神州，左枕高關右帶流。二水波濤皆繞郭，城西有青龍、鴨子二河。三山風雨正當樓。城内有三山。採薇公子悲長餓，射虎將軍恨不侯。憑弔那堪回首處，布帆沙鳥共悠悠。

晚秋自歎

獵獵西風木葉乾，禦冬無計起長歎。事當著己方知困，貧到求人果覺難。腸爲多愁翻厭酒，衣經久典不支寒。挑鐙自讀逍遥傳，守分原非作達觀。

初冬早行

塵事關心夜深起，駕言行邁路迢迢。霜清驢背詩魂瘦，風透羊裘酒氣消。漠漠寒煙迷遠樹，濛濛曉月隱危橋。東方既白村墟近，犬吠雞鳴破寂寥。

弔韓節婦 豐潤李叢薰女，字於韓。壻患羸疾，年十六，娶之三月，夫亡。翁姑諷之嫁，不從，悒鬱成疾卒。

從一而終本至情，堪嗟地下遽偕行。祗於名教求完備，何必夫妻論死生。天上有緣隨日皦，人間無計奪冰清。蓋棺自慰雙親志，豈願身留後世名。

館中戲成

萍蹤無定任遷流,孔席由來不久留。昔日登龍曾御李,今年附驥又依劉。傍人恰比尋巢燕,爲客渾如不繫舟。自是鍼氈難穩坐,儘教徙倚作書囚。

自遣兼呈張聖輿姊丈

順吾生理自長生,仙佛原非學可成。多暇少愁真是福,已衰未死即爲贏。清江空説達摩履,緱嶺誰傳子晉笙。煩惱捐除天趣活,何須修短問前程。

六十二歲舉次子戲成

五年今又見懸弧,絡秀猶能育阿奴。我似枯楊生兩蘖,人稱老蚌産雙珠。東坡喜命邁兒侍,杜甫從教驥子扶。便爲他年門户計,隨肩可望亢宗無。

舉次子戲贈李甥幹堂

翁壻由來命運同,生平身事每爭雄。牀多弄瓦俱雙合,户有懸弧各兩弓。彼此皆四女二子。共道清冰漸增累，誰知潤玉又滋豐。幹堂亦於今年生次子。歸寧之日偕來集，八股金釵四樹桐。

蔣慶籛

字英吾，玉田人，貢生。

題鄭拙翁詩後 鄭悦周，名濂

柳陰深處拙翁家，屋角籬根盡種花。君已修齡猶矍鑠，我當壯歲覲英華。言歡似被春風煦，坐久渾忘午日斜。今誦瑶章又相晤，回思陳迹廿年賒。

胸襟落落腹便便，時不猶人爲慨然。兩字米鹽真宿憾，一生筆墨是良緣。曠懷寄託劉伶鍤，壯志銷磨祖逖鞭。前輩遺風誰復嗣，詩篇直作典型看。

生平愛讀放翁詩，結搆丰神宛肖之。味永合爲高壽卜，氣豪不減少年時。拈來日用尋常事，綽有風流藴藉姿。摭拾遺編付梨棗，聊當管豹一班窺。

董琪樹

字玉林，豐潤人，諸生，著有《繁露樓集》二卷。

佟漢源序：玉林先生博極群書，源親炙數十年，未能窮其底藴。生平著作甚富，半爲同人所借鈔，未能搜輯，存者僅得古文十九篇、古近體詩六十餘首，與《中庸説》《河圖説》《先後天説》《孟子論文》若干條，皆鄉前輩張繡江先生所評云。

董狐 詠古詩

有筆藏之繁露樓，日星河嶽並千秋。魏家酒食陳家米，肯向人家賤價售？

蘇秦

揣摩世故股留痕，更喜同門舌尚存。未負阿師稱鬼谷，果然變態滿乾坤。

荀子

孟荀孔墨豈同途，八代文人半俚儒。此語不聞南渡後，劃開門户是程朱。

荆卿

鐵椎匕首誓殲秦，壯志何嫌儗未倫。欲爲荆卿求末減，也依陽武但書人。

兩　生

阬儒自昔罪秦嬴,誰道真儒不受阬。羡爾芳蹤同四皓,翻嫌四皓有傳名。

楊　雄

怪是臣雄獻美新,惟將秦政擬頻頻。青蓮變作清平調,飛燕拈來頌太真。

郅　惲

騎虎應知下虎難,竟將圖籙與重看。亡新一片欺天胆,不待昆陽戰已寒。

荀　悦

提要鉤元識本超,千秋經濟一言標。井田而後均田好,誦過周官誦此條。

徐　元　直

喜得連茹卜泰交,奈何君友一齊拋。男兒事業緣天性,不作王陵與趙苞。

王文獻導

良友何心負九泉,滅親大義説徒然。誰將石碏方文獻,衹合王敦比趙穿。

王　右　軍

願起當年聵與聾,同將虛誕洗餘風。永和三日蘭亭詠,一片婆心一序中。

謝　太　傅

從容言笑懾權奸,百萬秦兵只等閒。不有奇功定江左,風流晉代可全删。

陶靖節

撫得幽琴不設絃，暮春鏗爾思悠然。却嫌沂上無傳譜，爲詠歸來辭一篇。

謝康樂

嗟爾山居製賦才，四明五奧恣徘徊。東籬亦有詩人在，何不同吟歸去來。

梁武帝

指口荷荷絶可哀，誰將報施問蓮臺。西天饒有楊枝露，不爲君王解渴來。

唐孔氏

豈有纂兄歌緑竹，竟將鄰國辨椒聊。於今始悟傳經意，不爲千秋爲本朝。

李鄴侯

造命難將己命謀，力全骨肉淚交流。神仙最有抽身計，免過留侯又鄴侯。

狄梁公

撥得層雲閃日輝，五龍潛使夾之飛。回天早運擎天手，反覺娃皇補綴微。

馮道

臣投主慣推馮道，女嫁夫多數夏姬。也爲人間留對耦，誰翻歐史作傳奇。

趙韓王

魯論半卷治平開，自是天家佐命才。未審陳橋謀翊戴，也從揀校幾篇來。

寇萊公

勸駕澶淵國勢張，歡呼歌虐厲鷹揚。汴京此舉分番漢，直定中原到靖康。

陳少陽

二帝於今已北行，書生何敢惜餘生。臣身願作登聞鼓，但望君聆擊碎聲。

王陽明

摧枯拉朽樹奇功，正在龍場兀坐中。爲吐千秋儒者氣，笑他儒者反相攻。

康對山

謁劉未便嗤康海，弔讓何嘗損太邱。夬夬獨行占遇雨，兩人可許與權不？

楊升菴

君門一哭永投荒，忠孝家風大小楊。贏得閒身酣著作，衹應報國是文章。

周延儒

宜興傳與嚴温列，迥異嚴温毒善良。争奈受金援馬阮，南朝始禍溯維揚。

彭祖老彭

曾共重華爲帝佐，詎偕仲傀作王臣。請將譜繫從頭溯，戴記分明是兩人。

習鑿齒

忘却葫蘆依樣看，竟將篡逆斥曹瞞。攻人未便兼攻己，陳壽深知作史難。

寄繡江

翩翩孤鶴,淩風東飛。音流遼浿,影弄清輝。清輝弄影,不勝依依。在陰忽和,知是令威。

出谷黄鳥,學語成音。既鳴灌木,旋囀深林。自憐弱羽,敢惜苦吟。雙柑人至,或有會心。

管公屯懷古

我聞諸葛號卧龍,先主三顧起隆中。又聞管公號龍尾,三友一龍世所美。堪笑斯言何謬悠,公即龍尾歆非頭。我今與作探龍録,尾在遼東頭西蜀。西蜀遼東路萬千,或潛或見一龍全。若使神龍掉頭尾,恐當易地則皆然。君不見錦江瀘水去滔滔,興雲致雨龍吟高。又不見渤海連天起煙霧,龍蟠之地無尋處。

遣病

造物有弄臣,二豎久無賴。顛倒陰陽權,威福任狡獪。忽漆伯牛身,使生豫讓癩。俄而柳在肘,支離已委蜕。和緩憤其冤,怒焉憫凶害。誓將君側清,永使乾坤泰。犄角戒銜枚,克期擬入蔡。膏肓忽疏守,轉致夜郎大。據防臧孫紇,召戎王子帶。蔓草猶難圖,况乃寵弟最。攻伐計已窮,和議出無奈。華元下子反，冀迴楚師旆。留侯屈亞父，爲脱鴻門會。兩人古豪者，情急甘要丐。以我況昔賢，齊秦視曹鄶。焉能獨倔疆，貽戚終狼狽。史巫用紛若，齊明致一酹。一酹亦何求，無爲鰥寡蓋。果能帝謂通，永去形骸外。

陶譽相

字覲堯，豐潤人，諸生。官安徽照磨，著有《薌圃詩草》二十卷。

陶澍①序：薌圃分發上江三十餘年，余撫皖時即聞其在靈璧、亳州、桐城襄辦賑務，條理秩然，民多愛戴。既而佐滁，前後數任，綽有政聲。蔣勵堂相國、鄧嶰筠中丞皆列入薦剡，知薌圃之吏治如是。近閱王柳村所選《群雅集》，趙琴士所選《蘭言集》，更知薌圃之詩才又復如是。乃竟沈淪於佐雜，常爲可惜。迨余持節兩江，因公過滁，薌圃來謁，得窺全集，始知天資穎澈，造語驚人。朱樹堂《苔岑詩略》稱其爲姚武功、孟溧陽一流人物，殆不爲過云。

太白墓

浪説騎鯨去，依然土一邱。神仙原有骨，風月永當樓。碧落開詩卷，青山當酒籌。誰能呼使起，汗漫與同遊。

題八兒榮畫《平山堂圖》

梅花香裏木蘭舟，卌載平山幾度遊。兩岸名園都近水，二分明月恰當

---

① 澍，原作“淑”，據《薌圃詩草》改。

樓。由來正氣歸松嶺，別有春愁泥玉鉤。今日看兒臨畫本，白頭指點説揚州。

重補滁尉感懷

無數青山似我招，風塵又許駐征軺。廿年蹤跡鴻留雪，百事思量鹿覆蕉。失馬塞翁嗤往日，下車馮婦愧今朝。白頭老役歡相語，笑我狂歌興未消。

學醉尋亭憶昔時，歐梅花下步遲遲。腰因痛久愁難折，心爲多情老益癡。舊雨彫零悲碩果，春風搖曳有新枝。莎廳再至無他事，當見平生數卷詩。

績溪道中

四山風冷刺秋衣，路險籃輿緩緩歸。紅葉亂隨人袖落，白雲低逐馬蹄飛。懸崖古寺多無佛，隔水農家半掩扉。好是日斜投宿處，一間松屋翠陰圍。

莫愁湖

六朝金粉總成塵，千載清流屬玉人。草色尚留裾帶緑，山光依舊黛眉新。花能寫照朝臨鏡，月可銷魂夜有神。得意誰能歌樂府，鬱金堂上景長春。

勝碁樓 有序

相傳明太祖與徐中山奕碁，中山勝，太祖即以莫愁湖輸與做湯沐地，故湖上至今猶徐氏業。李雲松太守修圮成新，前簷懸莫愁小影，後樓供中山遺像。勝地重興，游船雲集，題詠者滿壁琳瑯，率以英雄美人相提並論。然中山與莫愁時隔千秋，男女有别，作者似覺不倫，故分詠以辨之。

勝地君臣去渺茫，風流軼事似荒唐。徐家竟有盧家地，男子平分女子香。大將豈甘污粉黛，小姑端不嫁彭郎。只緣一局留談柄，兒女英雄話短長。

劉艾堂詞丈輕舟見訪並索新詩

輕舟一葉小如艄，好送先生過板橋。十載相思歌杕杜，片言風土識鸞梟。山樓斜日低於首，麥隴黄雲高過腰。光景此鄉真可樂，相逢應許酒盈瓢。

題香雨《青溪尋夢圖》

丁廉畫本水漪漪，誰寫温柔動客思。一曲秦淮樓上月，千秋司馬卷中詩。夢從醒後尋原幻，情到深時不覺癡。我亦當年號薄倖，披圖愁煞鬢新絲。

聽雪

蒼茫萬丈落瓊英，聽澈雲和撫太清。善舞瑶姬迴袖遠，步虛天女散花輕。短檠對酒抛書卷，深巷關門静犬聲。入耳知音驚舊夢，廿年此調感離情。

埽雪

凍梅深處著痕新，埽破天葩浄夙因。花下敢云開捷徑，風前端不起纖塵。折腰偶試披雲手，俯首誰憐擁篲人。莫畏淩寒筋骨盡，回身踏徧滿園春。

雪珠

希世如何輕易投，隨風咳唾寶光浮。擲來徧地麻姑巧，遺向平皋漢女愁。不許塵凡藏一粒，何妨聲價冷千秋。玉龍頷下誰先得，甲乙偏容滿紙留。

雪　影

點綴清光畫不真,句雲搨月莫尋根。脱胎柳絮原無骨,寫照梅花自有魂。水鏡空中寒作象,冰心物外淡留痕。憑他醉眼模糊認,瞥過蘆簾詎可捫。

雪　花

萬片瓊英碾化工,定從琪樹謫瑶宫。不甘墮落開峰頂,别有精神鬬月中。妙筆也難傳色相,春心無處不圓融。東風儻送維摩室,佛手拈來一笑空。

雪　徑

破凍誰先踏幾條,天涯蹤迹指迢迢。青山不見環西澗,流水無聲過小橋。一綫江南村入畫,半痕隄畔草初燒。束薪煮石人何在?千載高情憶酒瓢。

卧　雪

清光疑月掩書鐙,閣筆西窗學枕肱。複帳一篝温被翠,寒天三尺沍簷冰。抱琴客去眠初穩，送酒人來喚不譍。凍鶴幾聲驚睡覺，瓊林好夢失紅綾。

浣雪

攀花曾記到蟾宫，濯魄於今少熱中。過眼浮華消素手，立身清白是家風。精神澡處天機活，塵垢消時色相空。難得群仙共湔洗，定叫毛髮一齊融。

哭先慈 十四歲作

新安失怙五踰春，白鶴今重弔母身。泉路相逢無別語，應先詢我寄何人。

寸斷肝腸淚滿衣，幾番昏絶哭聲微。行雲也解憐孤意，半駐中庭不忍飛。

淚眼潸潸日斷魂，春暉百歲負慈恩。破裳不忍輕拋棄，鍼黹猶存手澤痕。

最傷心是讀書歸，塵滿堂前未下帷。飯罷無言含淚睡，夢魂猶學舞班衣。

一生冷暖有誰知，春露秋霜枉繫思。顧影相憐惟女弟，未曾勸我却先悲。

遣婢詞

家貧婢老莫能依，義感朝雲不忍歸。丸藥侍親勤病榻，紡緜爲我换寒衣。十年箕帚矜勞久，一笥荆釵饋贈微。回首幾番憐主幼，背人猶自淚頻揮。

七樹邨陳室未婚守志王貞女詩 有序。道光庚子

王貞女，遵化州葛家屯人也。幼許豐邑七樹村陳占魁爲配，未婚夫亡，矢志不嫁。欲過陳門，而翁姑因貧不納，貞女即仰藥求死。父母救甦，不得已，强送於陳。守節甘貧，以紡績奉翁姑，已逾二十年矣。戚族公請旌表，緣年未五旬，限於成例，邑令先給匾，額曰"節孝可風"，俟合例再爲申請。相解組歸里，謬賦五古一章，聊應其命，實愧人微言輕，不足以誌貞女之萬一也。

北山有孤竹，移栽傍七樹。上有獨宿鸞，悲鳴歷朝暮。豈無日月光，照單不照雙。豈無雨露恩，生節不生根。吁嗟王貞女，可憐陳仲舉。誰傳埋玉文，竟夢折釵股。海竭恨難填，天傾哀莫補。九死餘一生，數語足千古。父母不能留，翁姑不能阻。心逾金石堅，操比冰霜苦。無淚不成花，有裙可包土。盡孝捧盤匜，食貧力碪杵。金線壓年年，機絲鳴縷縷。廿載甘貧寒，一鐙耐風雨。奇行難盡言，芳名振大府。朝議雖待旌，鄉評已如許。蘊玉輝在山，懷珠媚在川。光輝詎能掩，如雲之麗天。大節垂宇宙，豈止書彤編。盛世有元音，終當被管絃。以之勵臣心，臣心皆忠賢。以之

最子職，子職克純全。我愧學蟬噪，萬一曷能傳。唐生有高義，聊以塞責焉。邑人唐風古曾爲之徵詩。

連理歌 有序。嘉慶乙卯

吾鄉有武士張生，不第憤死，其未婚妻董氏女聞訃亦縊。父母憐之，請於邑宰，爲合葬焉。有感而作。

黄鵠鳴兮聲嗚咽，烏鵲飛兮啼碧血。傷哉！古來節婦多未聞，生不同牢死同穴。嗟彼董氏女，絶代有容光。閨中早受聘，許嫁張家郎。聞道張郎年十五，不讀文章性好武。馬上能開十石弓，三箭已中圜橋鼓。歸來帽插泮宫花，乘龍直入丈人家。呵氣成雲容傅粉，清冰潤玉人争誇。阿翁霽顔兄弟樂，共道絲蘿得所託。筵前鼓舞訂婚期，相邀定入麒麟閣。會有風雲際玉京，辭親奮武磨青萍。誰知勇可冠軍武，英雄難與數争衡。既不能奪錦天門底，又不能執戟明光裏。攬轡歸來折寶弓，嚴親一怒嬌兒死。阿翁聞信泣數行，佳人罷繡朱顔黄。解我羅襦脱玉璫，着此荆釵麻布裳。唤僕膏車拜父母，兒將矢死張家堂。父母一見氣先沮，非禮之行女何誤？大姊牽衣返故閨，小弟婉言息親怒。違親既不肖，毁耳人皆笑。反覆對琵琶，羞煞彈别調。氣化寒雲淚滿壺，皮金香翦付阿奴。生既不能付舅姑，死庶可以從吾夫。今生不得結禖好，來生期化交頸鳥。今生不得伉儷歡，來生願作相思草。草色青青萬古香，鳥鳴千載稱鴛鴦。傷心爲作連理曲，此恨山高與水長。

張孝思

遵化州人，廪貢生。

風　箏

紙翦�裁色澤鮮,千尋長線手頻牽。省從寒夜彈銀甲,共聽晴空響竹絃。紅雨盡依花版落,碧雲爭借綵繩穿。兒童翹首歡相問,誰解絲縧寄遠天。

對　鏡

身外如何又有身,鏡中形影認難真。醉容顛倒誰迎面,老態欹斜那效顰。笑爾初來忘問訊,怪他欲進轉逡巡。閒將兩手捫摩去,頓使村婆眼界新。

自　笑

自笑年來太俗生,淡尋蘆菔辣尋葱。身同老圃事無事,家在故園東復東。荷鍤豈真緣酒達,轉車何必爲詩窮。世間致富雖多術,那覓奇書寫一通。

書房北門外即育養六畜之所,因賦詩以自廣

還濘蹍涔路不通,其犉角逐長卿城。那知洼水騈槽意,但聽廬山鬶草

聲。主簿長髯真灑脱，將軍烏喙忒狰獰。物吾與也洵如此，好摘西銘作北銘。

鄉心

秋盡催人老，鄉心山外山。雁低紅樹裏，日下白雲間。無計尋歸路，何時得閉關。庭傳烏鵲喜，相對破愁顔。

孫汝霖

字少琴，遵化州人，道光丙午舉人。官山西曲沃、鳳臺知縣，廣西知縣，有《養拙齋詩稿》。

曉行

蘆荻洲邊起雁群，晴空東望見朝曛。三篙水色寒無際，一縷煙痕淡不分。野犬吠殘溪口月，亂鴉穿破嶺頭雲。征鞭擾擾風塵裏，何處疏鐘側耳聞。

步張曉邨《舟過富春江》原韻

黄昏欸乃櫓聲柔，景色蒼茫四望幽。朗月相邀名士酒，好風吹送使君舟。山連梅嶺重重接,水入桐江緩緩流。廿載天涯同作客,那堪回憶故園秋。

月夜泊嚴陵瀨

七里灘頭客艇横,層崖孤起釣臺平。祠堂月色今宵朗,帝座星光昔日明。禮下渾忘王者貴,節高真得聖之清。羊裘本是無心着,何事詩人浪品評。

張曉邨約遊吴山

十千買酒到黄壚,此日登臨興不孤。座上豪情推北海,郡中佳景萃西湖。萬重山色走齊魯,一帶江光分越吴。手握詩人張子野,莫將故態笑狂奴。

揚州偶吟

無雙亭下片帆開,回首蕪城傍水隈。楓葉已紅蘆絮白,滿江秋色雁飛來。

燕郊旅店題壁

秋往春來足未停，昔時道路又曾經。嶺頭雪積千重白，屋角煙橫一抹青。荒戍飛鳥嘑曙鼓，寒塘宿雁警征鈴。廿年歷盡風霜苦，聊訴樽前君且聽。

平淮西碑

三丈碑含萬丈光，巋然特立甚堂皇。詞章簡肅饒奇氣，翰墨淋漓發古香。此日流傳韓吏部，當年磨滅段文昌。千秋大筆原無愧，傑搆真能冠有唐。

秋闈報罷率成俚句以疥店壁

愁緒縈懷不自禁，茫茫何處覓知音。卞和痛哭非無玉，蘇季尊榮但有金。一第文章勞巨眼，十年磨厲負初心。踟躕難向青天問，且酌村醪作浪吟。

題撫松軒孤松

昔日蕭疏半畝陰，蟠根錯節到於今。早知尚未成龍去，空負栽培一片心。

感　懷

他鄉情緒正無聊，景物關心倍寂寥。三徑春風歸草際，一天涼雨送花朝。眼前離恨憑詩遣，身外閒愁賴酒消。斜倚繩牀頻覓句，孤鐙結蕊照殘宵。

題斗山寺禪房

龍鍾猶認老頭陀，彈指光陰十載過。風月有情人事改，江山無恙客愁多。香凝小院開薝蔔，翠撲空廊長薜蘿。濃墨幾行聊疥壁，高僧莫漫笑狂歌。

春陰與諸友小飲

惱人天氣空搔首，枯坐無聊懷我友。童子歡呼客到門，迎門一笑同攜手。我正思君君便來，虛度未免空孤負。薄霧輕煙初釀花，微風細雨將眠柳。如此時光可奈何，何如且飲澆愁酒。梨花春瀉玻璃杯，先盡三杯濡渴口。乘興狂奴故態生，拍案幾欲撞玉斗。大丈夫何不銀魚懸於腰？何不金印佩於肘？無端碌碌在風塵，頻年橐筆天涯走。未免自蹉跎，非關數不偶。有志者，事竟成，又何必白眼睥睨九州九。

再題梁鑄菴師小像

披圖一覽便心傾，藹藹春風四座生。面北仍循今日禮，指南恍憶昔年情。别來杖履依然健，畫裹琴書分外清。孤負師恩真愧見，不才此際未成名。

哭同學徐育泉廣文

恒山聚首旅懷開，翦燭傾談勸舉杯。詎料相逢成永訣，果然此去不歸來。十年良友懸孤榻，千里羈魂入夜臺。最是凄涼堂上老，白頭揮淚泣顔回。

素札飛來未忍看，風前雙淚落闌干。壯心不愧爲豪士，傲骨焉能作冷官。勸我行文須老辣，負君高誼更悲酸。九原莫恨騎箕早，繼起佳兒媲二難。

送友人入都

蕭齋廿日小句留，萍水相逢意氣投。愈疾我心傾扁鵲，論文君目少全牛。締交喜遇無雙士，努力當爲第一流。轉瞬長安春信早，看花走馬快遨遊。

淮　陰　侯

果然傳檄定三秦，胯下何曾辱此身。壯士從來原不怯，假王畢竟未能真。安危空負一謀士，生死都憑兩婦人。絳灌在傍羞並列，恃功未免傲同倫。

送史潄芳再之嶺南

攜手河梁意悃然，馬蹏踏破薊門煙。重逢良友無多日，便作歸人又隔年。愧我猶彈馮客鋏，羡君先着祖生鞭。秋光滿目愁難遣，紅樹青山九月天。

極目疏林雁影過，短長亭畔唱驪歌。論交海内如君少，惜别天涯是我多。萬里征途頻悵望，卅年壯志半銷磨。燕山風雨韓江月，似此相思可奈何。

偶成示兒輩

寒素家風意自如，年來生計頗愁余。不辭官爲無恒産，是好兒應愛讀書。處事先宜存謹厚，論交莫漫笑迂疏。壎篪迭奏荆花下，菽水承歡樂有餘。

哭史漱芳水部

病骨逢秋瘦不支，年來醫藥强扶持。一官餬口長安米，半世鞭心短句詩。我痛黔婁猶有婦，誰憐伯道竟無兒。旅魂好尚羊城去，報與龍鍾老母知。

知己心交二十年，驚聞館舍一朝捐。奇才有數非關命，恨事無憑莫問天。遺稿逢人歌白雪，輓詩何處寄黄泉。他時重過蘭陽道，宿草荒榛繞墓田。

春日山行

碧山四面似圍屏，纔過長亭又短亭。行到橋邊人影亂，鴨雛穿破一池萍。

夜聞秋風有感

宦遊怕聽秋風聲，此聲入耳心先驚。初聞淅瀝繼砰湃，最是撩人將五更。塵夢乍醒尚伏枕，離愁别恨相纏縈。蕭疏木葉下庭樹，起坐不覺心怦怦。回憶家鄉獲新稻，霜蟹正肥腴而清。更有來禽尤芳膩，馬乳連綴凝寒晶。二三知己互酬酢，彼此共將香醪傾。似此風味令人羨，安能不起故園情。季鷹當年動歸興，因思鱸膾與蓴羹。我今欲歸歸不得，苦衷不敢向人鳴。一官飄泊八千里,身如寄兮心如攖。家室真是宿世累,並非慕利兼求名。何時適我遂初願,組綬解却仔肩輕。昔日友朋重結社,松菊依舊尋前盟。升沈不計身自在,榮辱無關心太平。兒孫福皆聽其命,我且優游樂餘生。

卷　六

豐潤孫贊元襄臣甫編輯

男秉章、倬雲校字

史　樸

字文輔，號蘭畦，遵化州人。道光丙申進士，署廣東肇羅道、督糧道，重赴鹿鳴宴，賞二品銜。

九峰大中丞奉命赴閩督師援浙，謹賦七律八首恭送旌麾

移旌入粵便麾旄，剿撫身經兩載勞。杜預才真爲武庫，鄴侯心自有鈐韜。志全大局圖維遠，公以江浙爲天下重地，恐敗匪東竄，與江浙大夥合，所以不願克復樂邑也。力保鄰封識量高。解江西信豐、安遠之圍，克復福建武平。更羨雍容羊叔子，公餘詩畫當揮毫。

撝謙儼是一書生，誰識胸羅數萬兵。馭將以恩軍律肅，求才若渴鑑衡精。兵先足食籌長策，賊必擒王絶亂萌。十載盜巢根蒂固，一朝電埽慶澄清。

深虞餘孽蔓仍延，善後經綸策萬全。弭盜官增唐別駕，頓兵法寓漢屯

田。山搜虎穴成安土，路息鯨濤利涉川。四境乂安文教振，士林重聽武城絃。

北江千里口碑揚，争送蜺旌湁五羊。都士如瞻包孝肅，遠人亦服郭汾陽。英、法兩國人亦服公。方欣粤海瞻新政，孰意閩疆促遠裝。自是九重心簡在，微公此任莫能當。

宵旰誰寬聖主憂，臨安南顧費鴻謀。陳師任重周方叔，討賊心殷漢武侯。百萬災黎如望歲，五千勁旅誓同仇。欽承巽命重申切，破浪乘風出上游。

知公勝算在胸中，一到旋成破竹功。賊膽早聞韓范落，軍諮況與鄧蕭同。星馳報捷紅旗急，露湛酬庸紫閣崇。自愧無才似匏繫，未能仗策請從戎。

身侍龍門幸得師，何期驪唱送襜帷。休休共仰元臣度，碌碌難膺國士知。才大自能兼詎細，事煩要貴絜綱維。聊持芻獻酬高厚，潞國精神善護持。

此去勳成定秉鈞，私心還望返朱輪。北門鎖鑰關懷切，南國謳歌戴德真。家相亦曾分陜治，蠻邦須賴障川人。嶺梅轉眼重開放，一路香迎絳節新。

題《思亭詩集》

逸詩一卷墨猶新，句粲煙霞不染塵。無怪騷壇共珍賞，風流原是謫仙人。

象賢令子亦翩翩，雛鳳聲聯老鳳傳。行篋珍藏無别物，延陵世業有遺編。

甲子冬在新興差次聞得曾孫作

浮雲富貴視皆虛，惟此天倫樂有餘。子既生孫孫抱子，箕裘世業有詩書。

記得生孫在海陽，北堂湯餅捧霞觴。堪嗟聖善西歸去，未見筵開五世昌。思先母。

一聞鵲報笑開眉，喜見孫枝又發枝。四世同堂非異事，惟欣孀媳早含飴。慰大媳。

爲父宜將父道敦，庭闈自有義方存。晨昏定省能無忝，可教兒知罔極恩。勉大孫。

黄菊花

天然正氣映中央，萬紫千紅漫鬬芳。獨抱幽姿貞晚節，豈憑黄甲傲秋霜。

白菊花

疑是藍田玉作花，移來籬下浄無瑕。素心惟許高人賞，此外憑他白眼加。

離　家

宦遊廿載歎塵勞，禄食争如家食高。底是一朝重捧檄，思親涙灑溼征袍。

閨中猶是老糟糠，手檢行裝意暗傷。四十年來常聚首，遠離滋味此初嘗。

兒孫繞膝意依依，共問行旌何日歸。但使向平私願畢，南天返棹遂初衣。

蕭蕭行李一身輕，羸馬殘車賦遠征。自笑多年爲大令，依然寒素老書生。

敢云攬轡志澄清，愧我胸無數萬兵。聞説蠻氛方蠢動，只憑肝膽作干城。

又向邯鄲夢裏來，西風颯颯曉寒催。孤征遠抱原鴒痛，小住時談澤雁哀。

沂州爲二疏故里，過而有感

二疏高風信足多，功成身退樂巖阿。我今重做名場客，愧向前賢故里過。

過邵伯澤

江左風流屬謝公，人懷遺愛召棠同。從知淝水成奇捷，不是清談倖奏功。

趙常春

字荷圃，玉田人。道光辛卯舉人，山西長治、雲南新平知縣，有《蘆溪齋詩草》二卷。

飲天台山送太守史文輔將之粵東

五陵風雨接天台，隱霧從龍志壯哉。潮水退還驚武射，鱷魚驅走懼文才。遠經梅嶺花迎路，近對松崖酒滿杯。痛飲莫談離別恨，明朝暫聚樂徘徊。

醉飲大佛寺

逃禪沈酒是仙真，坐對當陽佛至尊。倦眼望尋天上斗，清心暢飲甕頭春。醉談道德青牛外，醒悟慈悲白馬巡。得食齋門八寶賜，養心養性養精神。

和王雲如同年過大黑河詠青塚，用杜工部元韻

和北明妃出塞門，紫臺忘却舊鄉村。天留青塚人懷古，月印黑河雁唳昏。猶憶琵琶彈遠恨，誰憐沙漠問孤魂。全忠盡節神歸漢，何必區區畫者論。

羲皇聖里 碑在定興城外

稽古仰羲皇，羲皇原同里。今從定興過，得見羲皇喜。幸近聖人居，世遠生人始。雖隔萬千年，聖教存古史。畫卦文章祖，吉凶定萬古。三聖彖象辭，相繼繩其武。莫笑高話羲皇年，假年寡過易學堅。陰陽消長在知天，那得羲皇講真詮，見碑如見羹牆然。

札飭磨沙、壩頭鄉勇俟克復峨、景再計撤營 在滇南作

縣南州北界磨沙，傍水依山數百家。禮社奔流江險要，哀牢高峻路歧斜。旌旗搖赫驚恩樂二縣名，金鼓鳴威拒景嘉縣名。少待雄兵克復遠，再爲偃武息征車。

克復景東廳

克復峨嘉克景東，接連奏捷數旬中。白旂盡被紅旂掩，長髮難當短髮攻。震樂先聲威遠奪，震沅、恩樂克復，已震動威遠，緬寧後獲化新通。緬寧克復，則蒙化、新平路通。平邑莫怪人强悍，慣戰疆場悚瞶聾。

三不要歌

予在滇，除夕帶練勦賊，陳有功引路，攻走僞索將軍、毛先鋒、尉遲參謀。予親然大礮，烘傷頭面，幾死。衆百姓見一身是人，滿面是鬼，感歎不已，相呼以“三不要”，謂不要錢、不要官、不要命也。

居官嘲號從來妙，百姓群呼三不要。錢不要，説是清廉如水，禮社江心明月照。官不要，説是富貴在天，哀牢山頭浮雲眺。命不要，説是民劫可愁，君恩當報。賊來晝夜凶殺燒，調集四壩五鄉江外山坡紮營哨。身家全不知，性命難逆料，大節臨前何處跳？今幸舍死得生，賊除四境獲安全老少。

徐肇文

字小倉，遵化州人，廩貢生。永年縣訓導，有《負曝軒詩集》。

送袁聽濤歸華陰

叔度汪洋萬頃濤，醉人不必飲醇醪。羨君有癖成詩伯，愧我無才但酒豪。歧路忍抛分手淚，歸途飽醮畫眉毫。從今風雨如相憶，秦樹燕雲夢轂勞。

我雖未老志先灰，悶到惟傾酒數杯。詩戒幾曾緣友破，笑顏衹覺爲君開。三年幸共尋芳約，一曲愁將折柳催。南浦無須寄離感，公車轉瞬上燕台。

秋日有感 海氛未靖

西風颯颯動疏林，念到夷氛恨倍深。斯斧三軍悵秋水，梧桐一葉下寒碪。書生漫負封侯骨，文字難抒報國心。羨煞當年班定遠，幾回投筆但狂吟。

蠢兹爾勇竟伊何，秋雨兵趨草木多。豈不蒼生同赤子，無如地利抗人和。跳梁伎倆蛙窺井，樹柱勳名馬伏波。閨閣征袍須緩寄，西風凱奏太平歌。

代贈張公 元泰

三十年前快壯遊，也曾挾策贊名流。襟懷磊落君山月，取予分明楚水秋。君曾幕游湖南。舉足但防招物議，代庖那計爲人謀。行芳志潔鄉閭望，古道於今一綫留。

榮膺一命亦君恩，化俗宜將節義敦。敢望微名傳史册，但留餘地處兒孫。政慚二曲深仁少，路出三原故里存。君故里居陝三原。拜别佳篇思往事，褒嘉有愧語温温。

袁詵

字桂巖，玉田人，道光丁酉科拔貢。歷官河南中牟知縣，花翎同知直隸州，署信陽、鄭州、裕州知州，著有《簸翠軒詩集》。

《玉田志》載：詵生而威重，有奇氣。署信陽時，值髮逆擾郾陽，詵慮波及，籌防得安。擢同知直隸州，歷署牧事，政尚嚴明，民皆知感。任沈邱時，單騎入捻匪老巢，匪以火槍列砦門，詵咤責之，酋震懾就擒，民繪圖勒石記其事。歸田後，修村義渡暨河隄，近村無水患。

河上

水色兼天净，臨流興未闌。秋高孤雁迥，月上一舟寒。鐘響來荒寺，人聲隔蓼灘。白雲浮幾片，清夜好盤桓。

菊花

眼底秋光分外賒，庭前叢菊吐黄花。淡香時入高人袖，晚節偏宜處士家。瘦倚西風簾正捲，寒隨南雁月初斜。紅蕉相傍能增色，醉後憑欄思轉加。

九 日 野 望

何處登臨上翠微，野籬小步趁斜暉。蘆花半繞漁磯静，霜氣遥侵木葉稀。人愛黄花隨意詠，秋催白雁隔雲飛。長隄風景真如畫，醉把茱萸戴月歸。

和孫倬亭《九日》原韻

秋氣正蕭森，雲過一徑陰。高臺堪眺望，佳客共登臨。水色清如許，詩懷瘦不禁。雁聲何處起，正好愜幽尋。

秋　　望

小步長隄興不窮，蕭蕭吹鬢幾絲風。蘆花渾似飛霜白，楓葉遥連夕照紅。幾處漁歌秋色裏，一行雁字暮雲東。攜朋正好吟佳句，相伴歸來月色中。

河　上

宿雨初晴水似天，小舟載酒入前川。幾雙乳鴨遥銜浪，一箇行人唤渡船。柳岸風柔飄落絮，漁家日暖上炊煙。清波映處心如洗，乘興還將好句聯。

題孫海岑先生詩集

翩翩雅度苦吟身，數載論交類飲醇。雪案幸容參末座，天公何意妬詩人。中郎書付垂髫女，北海樽空舊日賓。回首溪橋楊柳畔，漁竿曾共挂殘春。

青雲梯上漫相邀，一病音容悵寂寥。壽母豈堪驚髮變，難兄何處索魂招。空餘李杜光芒在，那更荆關粉本描。先生曾教予畫。一事重泉還自慰，不須臨水送詩瓢。

奉和孫雲溪夫子《早發浭陽》原韻

日華明處現晴光，驛路輪蹏覺自忙。垂柳一村青入畫，平沙兩岸白於霜。沿溪夜雨和泥醉，捲地春風似客狂。極目前途知遠近，煙痕山色共蒼茫。

晚　步

斜陽滿樹暮雲平，步到長隄恰有情。幾點落花迷蝶粉，半塘青草亂蛙聲。泥痕尚醉凌晨雨，帆影纔收隔岸晴。乘興歸來對樽酒，小窗明月又初更。

晚坐納涼

雲邊纔上月，清影射胡牀。傍户蟲聲細，侵階夜雨涼。衣單知露重，院静覺花香。雅愛東臨樹，風來拂短牆。

九　日

經年不向郭門遊，佳節纔臨趣自幽。此日開樽聊破悶，幾番看菊又驚秋。黄飄木葉孤村外，白糁蘆花古渡頭。檢點茱萸囊底貯，便思遥泛釣魚舟。

蕭蕭風物逼重陽，攜客登臨過野塘。曲徑霜侵楓葉紫，東籬秋染菊花黄。溪邊小立人三影，雲外遥横雁一行。斜照分明圖畫裏，遠山如黛晚蒼蒼。

好把題餻句自搜，野風吹鬢過溪頭。遥村夕照翻紅葉，近岸蘆花隱白鷗。陶令籬邊纔瘦菊，漢文臺下正横秋。歸來桑落還須醉，斜月溶溶挂一鉤。

奉和孫雲溪夫子《喜雨》原韻

一雨崇朝便解枯，名亭今尚憶髯蘇。藍田潤處全如玉，蕉葉跳來盡作珠。造化總能滋萬物，行人應亦抃長途。捲簾指點階前緑，好把吟情付玉壺。

張景椿

字夢九，遵化州人，監生。官山西威遠巡檢，著有《時還讀我書齋詩稿》。

秋　　夜

鐙寒簟冷夢初回，獨倚斜窗玉漏催。楓葉蕭蕭聲不斷，滿庭風雨送秋來。

秋　江　曲

淩波何處覓芳蹤，人隔秋江水一重。羨煞鴛鴦花底宿，一生嘗得伴芙蓉。

落　花

依然楊柳舊樓臺，歌舞無人緑滿苔。蝴蝶不知花落去，又尋春色過牆來。

東風無力奈花何，空繞蛛絲挂女蘿。怪煞黄鶯嚦未了，樽前也似唱回波。

遊水泉亭

地仄亭如笠，心清境亦清。倚欄聞水咽，枕石聽松鳴。草密蟲音細，林空鳥韻輕。放懷山水外，塵世不關情。

訪袁聽濤不遇

薄暮相過一扣扉，竹籬寥落夕陽微。足音入户犬頻吠，明月滿齋人未歸。緑螘誰家留客飲，青鐙今夕與君違。星河皎皎鐘初動，獨看新詩坐敝幃。

冬　夜

閉門陣陣北風呼，殘漏因風乍有無。别院書聲三徑隔，小窗人影一鐙孤。香篩竹葉蟾光浄,寒徹梅花鶴夢蘇。倚案沈吟詩草就,閒收積雪撥紅鑪。

清明晚眺

踏青時節乍晴天,薄雪微消緑滿阡。乳燕影翻春水外,紙鳶聲曳夕陽邊。兩三間屋山當户,四五家人水作田。衣帶翩翩人獨立,沙鷗飛起一溪煙。

春及亭

梅花開后杏花開,小雨亭泉徧緑苔。遠樹含煙扶墖出,夕陽返影入林來。半渠春水觀魚樂,一笛清風放犢回。相對忘機不歸去,隔雲山磬數聲催。

洞裏桃花洞外雲,招提一半爲雲呑。寺藏楊柳山僧静,座擁蓮花大士尊。近水鳴鐘山亦響,斷碑經雨字無存。塵襟拂拭仍歸去,何日重來扣石門。

天心寨

亂山環抱裹,茅屋結山陬。怪石如人立,歸雲學水流。柴門臨澗壑,石磴入松楸。相去四餘里,奇峰在上頭。

九日懷袁八兼呈孟子可

滿天霜露到黄花,獨倚危樓感歲華。離别不堪聽鳴雁,相思無那隔蒹葭。酒酣河朔思袁紹,帽落秋風憶孟嘉。關塞蕭條無限意,詩成聊復寄山家。

感　懷

一事無成愧遠遊,年華空付水東流。思家且返相如璧,開篋羞看季子裘。得失果能通塞馬,浮沈誰與問沙鷗。茫茫宦海無知己,抱刺于懷何處投。

看劍雄談對酒歌,尚餘壯志未消磨。宦如蜀道崎嶇甚,詩到窮途感慨多。山入幽燕應笑我,水分涇渭亦由他。人生事事皆前定,何必臨風唤奈何。

夜步溪上

纖月落水星挂樹,孤城隱隱出煙霧。農歌漁唱已蕭然,兩岸蛙聲鳴不住。溪上徘徊箬笠斜,酒酣夜半不還家。袖曳溪雲步溪月,柳風吹露沾衣紗。

遊羅文峪

青山在雲雲在樹，樹戀濃雲没山路。行盡清溪不見人，聲聲啼鳥留人住。忽聞隔水農歌起，誰家打麥白雲裏。尋聲緩步踏雲遊，炊煙縷縷生溪頭。楊柳依稀見村落，野花爛漫紅成樓。山程不晴亦不雨，手拍吟鞭自歸去。策蹇回頭一笑逢，雲放青山露數峰。盡日看山歸始得，山鳥山花也笑儂。

送李小泉表兄之趙州幕

塵中騏驥飛，天外鵾鵬矯。丈夫志四方，所貴在行道。壯哉君此行，使我縈懷抱。君昔赴滇南，嬉戲風塵驅。先人既蒙難，報國成捐軀。國家有曠典，存卹及遺孤。萬里招魂歸，山水多艱虞。請纓志未遂，彈鋏今何爲。北山啼夜猿，南山啼子規。猿啼一何惻，烏啼一何悲。驪駒歌在門，贈子無多詞。上有白髪親，下有黄口兒。與君各努力，勿放羲輪馳。韶光去不留，迅如風轉舵。人生有辛苦，世途多轗軻。放言天下事，落落誰如我。事事實踐之，究竟無一可。不行蜀道險，不知行路難。不味離别苦，不知相聚歡。行行復行行，與君重别離。浩浩滹沱水，何由慰所思。流水無盡期，思君無已時。

史樽

字飲醇，號漱芳，遵化州人，樸弟。道光乙未舉人，工部都水司主事，有《夢花遺稿》。

題《蘭陽小草集》吴郡韓桂舲

大司寇謫居馬蘭峪工次作

皋夔何事下堯天，小謫蘭陽若有緣。杜老集如銘座右，荆州地不惜階前。交情合證三生石，才思奚慚萬斛泉。喜煞賜環愁煞別，幸留題詠壯幽然。

次韓桂舲尚書見贈原韻

喜得鴻章日下來，香山丰度少陵才。羡君落落仙臺品，愧我庸庸野馬埃。紅杏幾株迎客笑，碧籬一面命僮開。殊慚蟬腹空無物，妄把新詩仔細推。

送魯版齋解館東歸

盤桓未久唱驪歌，欲釋新愁奈別何。笑我風塵常住脚，期君閬苑早鳴珂。文能切理方成妙，交在知心慎勿多。此去遵城歌競爽，昂頭東望幾吟哦。

出北直界

昨自故鄉來，今出故鄉界。回首故鄉雲，猶送故鄉客。

霸王墓 在東阿縣舊縣村東山麓

神威咤叱淩江東，大度豁達超沛公。天心不復興重瞳，楚歌垓下歸途窮。烏江何處悲秋風，東阿舊縣東山東。四山佳氣圍葱蘢，白楊幾樹斜照紅。行人展拜誌殯宫，徬徨不去奚匆匆。寄語腐儒論貴通，休將成敗論英雄。君不見漢寢乃遭赤眉攻，一抔之土千古常崇隆。

鄒嶧道中

繇繇遠勢接青徐，泗水東山一望餘。怪底此鄉風味好，多緣親炙聖賢居。

車中口占

不歷風塵苦，庸知行路難。雙輪循故轍，二鼓促征鞍。野店味無味，霜晨寒復寒。寄言高卧者，莫作等閒看。

邳州道中

世路險如此,風塵我自諳。紀程多客裏,觸景半江南。荒驛人煙少,前山暮靄含。楓丹兼橘緑,秋意更何堪。

清江即事 丙申九月,家兄奉板輿渡黄,由清江登舟之粤。余亦於是日北轅,對此茫茫,愴然有作

黄河渡口别慈親,一息風帆達彼津。千里悵難窮目力,白雲何處大江濱。自清江至口,三百餘里。

從此舟車兩地分,帆南轅北隔江雲。惱人最是江邊笛,折柳聲多未忍聞。

桑園遇雪

儘夜北風斜,飄飄六出花。四圍塗水墨,雙轂碾泥沙。呵凍時敲火,迷途每駐車。計程千里外,有客正思家。

板橋題壁 玉田縣界

僂指南行倏五旬,二千里路歷艱辛。他鄉况味嘗初慣,故國山河見亦

親。此去偶留鴻爪迹，重來猶識墨花新。詩囊今後收藏富，冀兗青徐閱歷真。

题趙澤長小照

廿載名場汗漫遊，風塵滿眼空悠悠。家山結識多名流，新詩寄我垂青眸。未親丰采心先投，落花春雨相賡酬。糟粕懶向詩書求，鬚眉偶向丹青留。開卷欣然面已謀，骨格清癯神明遒。花光照檻柳拂樓，椀茗清芬鑪香幽。神仙供養如君不，脱帽露頂真夷猶。援筆欲下風颼颼，伸紙一丈淩八洲。愧他腐儒事雕鎪，笑他俗子空沈浮。囑余加墨意綢繆，感此不惜枯腸搜。吾生無處非虛舟，爲君聊述交情由。子面吾面多不侔，此筆此畫同千秋。

召伯埭 即謝公埭，後人思公，比之召伯甘棠云

殘棋一局破苻秦，我爲蒼生慶得人。莫把空言譏小艸，甘棠千古總如新。

維揚舟中

螢苑迷樓夕寂寥，隋隄楊柳自條條。二分明月憑誰管，卅六湖連廿四橋。

同方渭溪遊平山堂不果

載酒傳花綺席間,歐陽遺跡説平山。當年清興知多少,爲問城頭月一彎。

舟行口占

萬頃茫然一棹操,波瀾遥接楚雲高。舟人漫唱公無渡,忠信由來敵怒濤。

偕渭溪遊金陵大報恩寺

一墖巍然插碧霄,早從江路若相招。距城數十里即見。不求説法依三寶,爲攬雄圖訪六朝。結綺閣空埋野艸,雨花臺近冷山椒。目中多少興亡恨,都付江頭夜半潮。

約訪隨園不果

我聞隨園名,結搆倉山小。我讀隨園詩,筆到風雲繞。心儀目欲追,夙願窮幽討。扁舟艤金陵,此會亦云巧。策蹇水西門,遇景目即飽。宏麗仰報恩,繁華觀聚寶。遊興正靡窮,約訪國初老。迂道愜夙懷,竭誠當青鳥。胡爲宿緣慳,好事偏多擾。舟子語行人,殘陽挂樹杪。詰朝赴前程,歸舟須及早。我聞轉惘然,彼愚料難曉。勉强尋舊途,身行意殊悄。回首小棲霞,雲樹遮縹緲。重訂後來期,此願殊未了。

謁余忠宣公墓

國事雖艱濟,臣心自有忠。千秋埋碧血,百戰礪青銅。鬱鬱松杉古,巖巖廟寢隆。祠在墓前。愧無芹藻薦,展拜景遺風。

過馬當

羨煞清才王子安,布帆風順送狂瀾。我今欲向山靈説,一樣征人一例看。

湖口阻風

朝來湖口縣,僂指到南昌。底是天心厄,翻招浪影狂。吼聲奔怒馬,作勢挾危檣。呼吸魚龍氣,昏濛日月光。墜波鳶跕跕,隔岸路茫茫。恨少三千弩,回潮學越王。

陶公祠 在大姑塘

歸去來兮興益超，栽成五柳尚條條。我今肅向遺祠拜，甘爲先生一折腰。

史光耿

字小文，樸長子，移獎州吏目，早卒，以姪恩培貤封修職郎。有《學吟遺草》。

東郊閒步

終朝困衙齋，佳景無由覓。偶出東城遊，芳郊春寂寂。日晚海潮生，雨餘山翠滴。沃野稻成畦，數家筍穿壁。余本素心人，對此俗氛滌。歸來遇牧童，騎犢横吹笛。

書齋偶成

芭蕉院裡自清幽，數尺芳池碧似油。疊石爲山花作岸，偶拋一葉當扁舟。

如何昨夜客銷魂，雷有清音雨有痕。破曉家僮争報喜，碧苔階下長龍孫。

數竿舊竹近吾廬，暑日仍侵六月初。多謝天公解人意，特教新筍補窗虛。

玉標金甲透泥新，剛過清明上巳辰。知爾凌霄高氣格，有心愧我少年人。

平生願與此君居，鳳尾初攢籜未舒。待到緑陰疏密候，有人相對樂琴書。

培植無勞隨意生，暮春天氣半陰晴。將成緑竹不須咒，好聽風前解籜聲。

李若昌

字小泉，遵化州人，廕生。世襲雲騎尉，改官廣東知縣。有《賓雪齋詩集》。

孫槱《餘墨偶談》：吾鄉李小泉，別號黄粱覺客。以父官夜郎殉難，萬里負尸骸歸，故廕世職。善畫工詩，字得子昂神髓，有《盼雲軒畫傳》行世。

題自畫《蟹酒菊花圖》

紫蟹正肥樽酒香，黄花時節歸故鄉。故鄉年年好秋色，往日思歸歸未得。今年彈鋏忽歸來，風塵回首重徘徊。客途歲歲逢重九，亦復持螯飲百斗。登高醉把異鄉花，對客長歌將進酒。無端烽火傳楚郊，群魚噓沫生江濤。咄咄朋簪詩酒豪，大呼仗劍屠妖蛟。出斬妖蛟怒拔劍，故人慷慨死百戰。樽前風景未全非，歎息英雄去如電。四海茫茫一劍儲，壯懷未暇思蓴鱸。天涯未歸人倚閭，故山無恙盍歸乎？歸來兩袖風生肘，何以娱情筆如帚。有菊一叢花在缶,有蟹盈筥霰觫走。有酒不用十千沽,覆瓿未敢藏之久。景物收來新畫圖,却被三徑黄花笑故吾。任君且效畢卓倒盡杯中物,消得胸中壘塊無。吁嗟乎!胸中壘塊無時無,江湖何以清萑苻。

燕山道中

涼月出林梢,萬木鳴蕭蕭。北風吹墮鐘聲遥,征衣生寒客魂消。前途易水猶滔滔,何人市駿來燕郊?碧雲隱隱金臺高。

温敬之

字簡齋,遵化州人,諸生。

孫檭《餘墨偶談》:舅氏温簡齋家中落奇寒,然茅屋數椽在萬山中,朝陰夕暉,頗多佳景。簞瓢緼敝,唫詠不衰。詩如倚竹美人,自傷遲暮。兄翼之亦能詩,有"雙温"之稱。

即事

閉户自枯坐,青氈冷不支。墨凝字多拙,唫苦句偏遲。涼月透窗紙,微冰生硯池。殘鐙半明滅,良友正堪思。

雜感

幾日花殘春未歸,拚將一醉卧斜暉。病多身似蜻蜓弱,夢幻魂隨蛺蝶飛。久困故人交漸絶，不才明主試常違。此生已被青袍誤，未敢狂歌賦式微。

登望海臺

隱隱孤臺雲際横，登高舒嘯快生平。亂山高下盧龍塞，廢壘蕭條射虎營。流水歸帆春雨細，戍樓畫閣夕陽明。蒼茫大漠荒煙冷，萬里風沙誤晚晴。

孫桂

字丹五，遵化州人，諸生，汝霖子。有《蝶花吟館詩鈔》《百花新詠》《餘墨偶談》等集。

慶彬序：丹五性孝友，具慧根。弱冠，以詩受知於許滇生宫保，有贈其聯云“承家舊業諸儒問，手脱新詩萬口傳”句。及觀諸作，則珠玉琳瑯，五花爛漫，洵造五鳳樓手。且性愛詩僧，比之古人，殆如坡公與佛印云。

鐵壽卿祺云：丹五詩如秋花開放於疏籬老圃，不假扶持，自饒佳趣。

李觀瀾江云：丹五年少而學博，才清而趣高。集中如抒性寫靈諸作，卓然可傳。殆欲爲壽世，不欲爲榮世者歟？

小園秋晚

短籬消息又西風，人在南園冷翠中。四壁蛩聲涼勝雨，秋花開到雁來紅。

秋　　夜

嘹唳長空聽斷鴻，萬家樓閣月明中。拂絃罷奏家山曲，涼露冷冷墮碧桐。

春　　草

嫩緑梢頭尚帶焦，模糊難認舊裙腰。杏花時節江南路，細雨騎驢過板橋。

劉　伶　墓

宿草萋萋處土堆，行人過此重低徊。先生枉被糟邱誤，誰向西風酹一杯。

感　　事

勝水殘山一炬銷，更無餘地著漁樵。荒寒落日西風冷，愁煞詩人鄭板橋。

送友之軍營

戎馬書生志不磨，珠韉手控寶刀摩。臨歧贈語君須記，邊將功高戰骨多。

漁 莊 夜 宿

釣徒家世本煙波，白藕香中發櫂歌。殘月曉風人不寢，窗前咿啞櫓聲過。

試　　馬

蜀錦障泥白玉羈，旁觀豔説紫驊騮。九方未遇孫陽老，相骨無人衹相皮。

田家竹枝詞

村中姊妹趁晴天，争説看誰行到先。行到小溪齊拍手，昨宵水没澼衣磚。

前村姊妹共相招，小鏟尖尖著意挑。共説今年春雨足，藤蒿高過女兒腰。

兒女門前拍手呼，午晴麥穗滿場鋪。共知粒粒皆辛苦，拾起殘磚打鵪鴣。

阿嫂籬邊撥緑蘿，小姑争説此間多。俗呼刀豆婆婆耳，纔作新娘莫摘他。

陰夕祭詩

歲華何處老，數幅剡西藤。風雪離亭酒，關河旅館鐙。行蹤多異縣，舊雨半詩僧。回首俱陳迹，探囊感不勝。

過徐山[①]人隱居

地僻接煙霞，山村三兩家。護籬寒犬吠，埽徑野人譁。撥火煮霜菽，銜杯試雪茶。案頭何所有，清供水仙花。

訪温處士山莊

地僻隔紅塵，松杉蔭四鄰。谷虚聞吠犬，潭静識潛鱗。稚子逢迎懶，野人言笑真。此鄉仍太古，重睹葛天民。

夫子不衫履，逍遥古木陰。客來黄葉響，人去白雲深。芋栗鄉村味，

① "山"字原缺，據《蝶花吟館詩鈔》補。

鷄豚世外心。軒窗納山色，濁酒正盈斟。

題是園壁

征軺隨宦晉陽城，遠别家山倍繫情。到處林泉皆著句，異鄉花草不知名。陶情偶放亭邊鶴，醫俗閒聞葉底鶯。此是世間安樂地，如斯何必問君平。

登甯武東城

東望燕台驛路迷，樓頭更在雁門西。三邊曉色餘霜雪，九塞寒聲咽鼓鼙。衰草白沙諸漲合，亂雲斜照萬山低。故鄉亦在長城畔，異地登臨倍覺悽。

寄東籬塢詩友

聞説名園萃隱淪，數椽茅屋隔囂塵。豆籬蔬圃三秋晚，紅葉黄花九月春。剥啄到門無俗客，清吟合座盡詩人。中原近日殊多故，何幸同爲嚼菜民。

聽友人談近事

中原戎馬久紛紛,邊將功高易策勳。誰信終南多捷徑,劇憐冀北又和軍。驚鴻散後聯鵶陣,戰馬歸來附犢群。俯仰大千一揮涕,英雄末路不堪聞。

延秋門外作

幾處荒墟隱斷垣,十年重到樂游原。山河有幸燒難變,花柳無愁笑不言。在日何人春牧馬,於今是處夜嘷猿。傳聞蜀道多艱險,誰遣明皇去故園。

當前景物劇悲涼,不信孤亭樂未央。獨使廟堂馳遠道,誰將弓矢衛蕭牆。殘碑日落螭龍暗,别院春深草木長。差幸文公猶有墓,隻雞斗酒酹斜陽。

當年苑囿鳳城西,朝罷時聞未午雞。花徑曉風調紫馬,柳陰春靄醉黄鸝。侍臣賜第雲霄近,野老嘉禾雨露齊。此日可堪回首憶,萋萋滿目亂蒿藜。

行人遠去杜鵑愁,日日空林喚不休。在邑豺狼猶跳躍,異鄉鶯燕忍句留。歲華未晚花全落,春色難回水自流。日暮東風憑眺裏,少陵憔悴曲江頭。

登宣府西城有感

女牆缺處望縱横,萬里關河萬里情。衰草白沙新墾地,青燐赤土舊荒城。馬隨絶塞長風至,人共寒山落照平。翹首烽煙猶未息,書生何處請長纓。

度東天門

一鞭殘照馬嘶風,鳥道蠶叢萬里通。奔逐我成追日客,往來人似信天翁。重關鎖鑰森嚴極,三晉山河表裹雄。下界白雲寒不動,數家煙火有無中。

塞下曲

生爲幽燕兒,少壯輕離别。請纓去鄉關,一腔餘熱血。轉戰三十年,摩挲吴鉤缺。昔日帳下兒,今日人中傑。長官建奇勳,功名獨決絶。昨夜秋風鳴,繞廬聲凛冽。原頭百草枯,河上堅冰裂。搔首望故園,寒雲望如鐵。立馬何茫茫,千山暮飛雪。

豫讓橋懷古

豫讓古烈士，芳名見左史。當其齷齪時，碌碌庸才耳。奈何智伯遇，優以國士禮。激感在人心，憤發思雪恥。殺仇仇不死，無以謝知己。慷慨擊君衣，成仁固如此。我來懷往事，悲君志未已。嗚咽不平鳴，千載橋下水。

送羅僕入黔接伯兄旅櫬

叢箐聚蛇蟲，荒陬嘯豺虎。丈夫不適意，所向多艱阻。我兄請長纓，矢志擒苗虜。生也何不辰，疆埸遭伏弩。隨行有楊僕，力竭身殉主。去馬何翩翩，一朝竟千古。我聞悲欲絶，賓客色悽沮。不敢哭放聲，高堂有慈父。志欲奮飛去，苦乏晨風羽。門客多無能，斯意將誰語。羅僕不憚勞，奮身出儔侶。云爲兄所知，黔中我鄉土。關河足屢經，形骸目熟睹。人生感義氣，豈復計辛苦。我聞心感傷，兹語痛肺腑。歡言戒行李，呼童市酒脯。臨歧重致辭，去來慎居處。險路防顛覆，宵行避洲渚。山深魑魅多，幽魂恐爲侮。飲食勿開陳，時時焚鏹楮。義僕魂無歸，是亦重望汝。道遠何時來，相對泣如雨。

陳　瑨

字韻珊，遵化州人，諸生，有《聽雪齋詩草》一卷。

題水峪寺

白雲紅葉冷蕭森，古刹人來生隱心。最是夕陽煙樹瞑，磬聲遥在半山陰。

法華寺寄居

雁陣驚寒玉露稠，家山一别已經秋。僧房翻覆無情思，萬籟沈沈月滿樓。

三女墓

按《州志》，金元交兵，三女尋父不得。至此，聞父殉難，三女一慟，經死樹下。墓在城南二里許，前牧楚南張公名杰者，爲竪碑以誌之。

衰柳蕭條秋草黄，劇憐三女共摧傷。斷碑千載霜林月，此恨憑誰寄阿娘。

冷落荒邱數百年，悲將業果問青天。至今衰草猶銜恨，夜夜幽魂泣杜鵑。

題《寶雪齋詩》後

夙昔君家擢武英，將軍漢代著勳聲。於今藻思翻無敵，詩畫名高李北平。

野　花

一生恨不入名園，密葉幽香只自繁。車馬不來春寂寞，空隨芳草怨王孫。

秋　閨　思

多少愁閨思，空庭露氣清。願隨今夜月，照見受降城。

燕昭王墓 在州城南六十里無終山

萬仞無終俯帝京，中留古墓倍關情。欲尋駿骨煙霞暝，暫駐行驂風雪清。赤土一抔山草隱，黄金千載石臺平。至今樂毅猶銜恨，悔不生前拔二城。

登賀蘭山

賀蘭自古屯戎馬,事已千秋猶可哀。百戰尚餘元代壘,山有元世子墓遺趾。三邊獨上李陵臺。緣山紫塞東南至,捲地風沙西北來。青草可憐縈白骨,一回極目一徘徊。

漫 興

平生潦倒等浮槎,二十年來感歲華。待檄毛生欣有母,無兒伯道重離家。每因破悶常呼酒,未斷餘情偶看花。一片愁懷向誰訴,此身非願寄天涯。

無終子洞 在州城鐵廠南

無終古洞何崔巍,石門直向雲中開。萬樹寒煙響秋雨,千秋遺址餘春苔。荒城南枕紅石嶺,河山西拱黃金臺。可憐山路但喬木,嘉父於今安在哉?

趙福綏

字履之,豐潤人,諸生。

己巳出關途中有感

辭家日日石尤風，回首鄉關雁序中。楊柳忽看黄欲半，春光原已到遼東。

離家未隔萬重山，底是臨流淚欲潸？料想兒孫終日裏，昂頭東望恨榆關。

龍潭坨觀劇 在邑南五十里

歲歲虔酬水母宫，慈雲溥潤畝南東。果然賴得龍潭力，四月蓮開徧地紅。

董　崑

字瑛峰，豐潤人，諸生，著有《浭陽逸志》二卷。

弔乾瘋上人

豐邑城南百里許傅家莊藥王廟内，康熙初有前明高士隱於淄流，著有《金剛經解》《法華涅槃經解》等書。家人尋之，閉門不納，後遂圓寂於寺，三昧火熾，徧身鍊成金色，遺蜕現存。曾製一大鼓。數十年前，鼓革破二孔，大如椀，近年孔暗長合如初，村人以爲神異。董瑛峰謂上人爲李光四先生，爲之竪碑。誤甚，余詳辨之矣。

秋風黄葉寺，金粟老僧身。根露胎難脱，丹燒骨不塵。逃名留本面，舉首望何人。自問非遺臭，前修可轉輪。

瑞 徵

字晴湖，東陵駐防旗人。官尚膳正，著有《晴湖吟草》。

山歌送秀峰上公五古十首 秀峰，緒貝子別號

高帝作風歌，子孫盡龍準。我公生天家，才如新束筍。惠政本家法，無事無不憫。公暇亦吟詩，清才極明敏。不爲逞豪墨，自嘲復自哂。

隨意結芳齋，非農匪學圃。無事居其中，催花自擊鼓。興來弄豪墨，偶亦試弓弩。快賞才子才，兼愛武夫武。忘却宦中身，一洗儒林腐。

偶亦作遨遊，與人只三兩。或漁臨深淵，或獵登蒼莽。或有古禪林，時亦欣然往。在公祇遊行，夾道人歡仰。盡説霖雨來，萬物得滋養。

偷閒自行樂，臨政無曠委。凡事集衆思，和衷不任己。有時出獨斷，無不齊嘆美。案牘有花判，乞請無私唯。公門日如市，公心自如水。

寬猛貴相濟，恩威須並施。公來撫此邦，善政恰如斯。鷗鷺即墮網，不忍尋毛疵。披沙偶見金，不惜費鑪錘。□□誌公德，載道皆口碑。

我公來此邦，愛衆如愛子。聽政三年餘，及人必推己。不爲君子嫌，不爲小人喜。旌旆忽西旋，遮送人如蟻。齊呼公莫行，呼聲達數里。

車聲何轔轔，馬足揚飛塵。臨岐慘欲别，清淚皆盈巾。别淚何以灑，

膏澤思如春。春風自兹去，使人空酸辛。焉得倒馬行，曳轉公車輪。

西去望長安，計程三百數。回首薊關城，邊煙隔晴樹。欲行不忍行，欲住難爲住。惆悵强揚鞭，灞水一時渡。愁絶送行人，無言泣如訴。

溪水咽不流，山眉愁不掃。一班癡癡人，歸來齊懊惱。人爲公去悲，我言公去好。在此官三年，一窮不可療。去此窮神離，恨不公歸早。

小子亦傷别，别恨無人知。公在有慈母，代公知爲誰？不畏歸期急，但恐相見遲。臨别無可餞，聊贈一卷詩。卷首長相憶，卷尾長相思。

卷　七

豐潤孫贊元薌臣甫編輯

遵化史恩培竹孫甫參訂

楊莩甲 補遺

號拙仙，豐潤人，嘉慶戊寅舉人。官訓導，有《瓣香齋詩鈔》四卷。

赴臨榆任答周竹溪

日計無多十二時，縈情帽影與鞭絲。挑鐙尚和新來句，折柳猶藏舊贈枝。官是初遷仍愧小，家因同走更難辭。庚溪渝水鱗鴻便，約有佳音兩報知。

明月梅花 消寒雜詠

月明猶記自鋤梅，多喜花從月裏開。光乍升時攜客至，淡難尋處有香來。前山如雪防驢誤，瘦影移窗待鶴回。留得天心圓相在，一陽消息暗胚胎。

江城曉角

畫角悲涼四面城，沿江吹散曉雲横。風高續上譙樓鼓，夢冷提回戍卒情。哨過寒流鴻避影，嚁殘朝雪馬無聲。承平穩貼將軍帳，紅日三竿未校兵。

山寺暮鐘

久罷晨鐘未忍閒，蒲牢棒喝暮雲間。殘光漸逐牛羊下，絶頂遥招鸛鶴還。一縷寒聲尋到地，幾村鐙火候斯山。前溪月冷僧歸晚，又聽敲門隔水灣。

古木棲鴉

柴門倚樹望歸鴉，滿背殘陽負到家。風雪關情同愛屋，枝柯得著任無花。音拏廢寺三間殿，影亂寒林萬點霞。富貴庭前人幾世，新妝争學鬢雲斜。

牡丹

紅杏枝頭鬧已非，名花著意鬬芳菲。三春雨露承恩早，一種風華與俗違。國色允宜金殿貯,前身應悟玉環非。招看不稱儒酸客,絳蠟千枝錦四圍。

荷苞牡丹

劇憐瓔珞繫玲瓏,花樣而今太不同。纏上幾絲湯沐雨,繡完三月翦刀風。沉香亭畔裝初製,金帶圍邊佩恰工。更喜詩人來點綴,清平調在錦囊中。

答威縣蕭春田明府

南天雲朵下平州,捧札驚心歲月流。小聚一年萍水散,相思三月柳風柔。滿場春夢尋詩上,千里交情爲筆頭。我客琴堂常歎想,花廳舊是選文樓。

題燕郊旅店悟香女史詩後 有引

女史題袁聽濤書壁詩後云:“聽濤二字憑誰問,有字無名我轉嗔。一自小倉灰燼後,題詩又見姓袁人。”薊州司訓高杏梁續題云:“不識袁安意已嗔,悟香底亦不書人。葫蘆一樣拋紅豆,名士名姬待訪頻。”按,聽濤名國柱,華陰人,官遵化州吏目,有詩名。

推袁有癖欲同誰,驛館喧傳幼婦辭。半枕黃粱填驥尾,千秋青眼到蛾眉。籠紗滿壁知緣重，翦綵招魂入夢遲。不識悟香藏款意，教人愈悟愈尋思。

次韻呈張西園丈

舊學荒蕪去不歸，心花萬朵負春菲。門無一客談風雅，印綰雙銜有是非。閒福足消身轉弱，事權特小願常違。争如星聚高陽里，望氣人都識少微。

原岳星巖韻

每向龍華問夙因，交非文字兩難親。韓陵石上君千古，景略身傍我一人。詩到轉添知己淚，車回如送有情春。關心妙揀籠中药，莫引庸醫辨苦辛。兩家各理詩稿。

生死關頭好悟因，何堪一病舉家親。聞嘔飯輟同餐者，守睡鐙圍掩泣人。余在病中。命續縷絲從半夏，天留小草報三春。心知召赴修文少，黄絹辭原愧受辛。

送星巖之承德巡政任并和原韻

新硎一試佐邊籌，約略排衙已過秋。射罷黄麞親製曲，瘦如碧鸛早披裘。賢王抗手交名士，邏卒巡山護夜遊。珍重匡時好才調，故人正愧筆難投。

多感臨歧借箸籌，寒氈未合老春秋。頻叨榜下三升墨，賸有薪時五月裘。松菊正愁無客管，雲山怎挈舉家遊。十年再領河陽縣，手欲栽花杖敢投。明年期得保薦。

贈縣幕李芝湖

宦情無可告同群，官冷難收翰墨勳。文讌止陪蕭穎士春田，詞壇勉抗兵[①]家軍星巖。堂因繫馬妨招客，門近登龍轉憶君。準備圍鑪一樽酒，能來應不問朝曛。

答汪月溪孝廉

寒宵休動旅人情，珍重天心此玉成。四海論交聯雁字，半窗聽雪耐鼉更。爲磨南國連城壁，肯負東君二尺檠。知否陽春隨曲到，一時唱徧魯諸生。

慚説科名折桂秋，著鞭總未擅煙樓。先君春闈屢薦不售。鄒枚席上揮毫易，薛卞門前問價愁。就使簪花填驥尾，可能視草傍螭頭。蒙莊看破人間世，石季龍原一海鷗。

---

① 據前詩《原岳星巖韻》，“兵”疑爲“岳”之誤。

和孫雲溪《蟲聲》詩

不知爾意欲云何，瓜蔓籬邊冷綠蘿。萬種秋聲無此胞，一腔天籟比人多。訴明心事誰關切，想見文章重慨歌。我是耽吟舊豪客，可能相引入詩魔？

切切嘈嘈徹夜吟，曲欄東畔小樓陰。炎涼既閱難無語，碪杵同敲欲碎心。世少知音嫌激憤，名因在野易銷沈。問君歎息教誰助，恐比歐陽感又深。

晚唱齊催雨乍晴，一庭秋意逼人清。金龍鬬健無凡響，玉露調腔更善鳴。競鼓商音收衆竅，慣陪私語到天明。行看耳冷三冬去，直接春來聽鳥聲。

自　　知

束髮爲文氣骨清，心思火候漸相成。耽吟未便稱家數，好色都緣有性情。遇事獨於朋友熱，常貧不覺米鹽輕。可憐生就中人命，三十年來少確評。

佟翰秋進士宰山左，卒於官。王繩其孝廉隨幕，擬遺稟二千餘言。蒙藩憲劉眉生先生助賻千金，柩始得歸。繩其以詩代簡，既答原簡，又感賦此。附録來簡

一自别芝顔，於今幾寒暑。無復舊時歡，只憶年來苦。山左紀宦遊，吟情偏齊魯。天意暗奎婁，徒歸朋友骨。遺稟二千言，好作新詩補。歸家家尚存，乃託荆妻福。荆布與糟糠，閨闥稱良輔。不意遘采薪，一病抛碪杵。兒女粲成行，撒手辭眷屬。遺迹歎空存，寫在鼓盆曲。兒女繞膝悲，奉倩難兼哺。無奈續鸞膠，新人纔四五。總使貌如花，不能辨麥菽。羈我萍梗身，坐耗田數畝。前歲客漁陽，舉家離故土。僂指將二年，苦難更僕數。今春偏得官，不肉恰有腐。堂上奉重萱，何敢就冷署。文思日以疲，清宵泣杜甫。回憶比彭時，爲樂疑今古。將欲談隨園，薊門皆見忤。間有逐臭人，班門笑弄斧。今逢村中氓，赴闕尋道主。藉伊馬首東，作我雙魚腹。代簡本非詩，有字欲其伍。儻蒙惠德音，早肅鐙花卜。世姪王繩其，厥名曰念祖。九月二十一，頓首具寸楮。

琴堂誰送主人喪，摇筆千金已辦裝。趙盾歸帑安賈季，鍾[①]繇善後賴荀郎。蓮花幕撤才名在，宿草緣多涕淚長。我望黄壚曾弔遠，那堪聽笛又山陽。

① 鍾，原作“鐘”，今改。

和楚南龔石湖《平州新年述懷》

清時海晏宦途平，老我寒氈閲歷更。不俗諒難諧衆好，稍迂便爾累官聲。論年已過知非數，揣分空餘報國情。可奈書生宜末秩，又偏稽古愧桓榮。

秋賦贈壻兄潘策廷

握手欣逢翰墨場，機雲文史舊聯牀。家風好處從人看，書味深時減興狂。一面便知無上品，雙眉解畫入時妝。文字大佳。多慚小宋來攀我，春後梅花已不香。令弟有和余詩。

答彭雲墀明府《卸篆博陵》

益我論詩一著先，隨園筆意性靈妍。吾鄉風雅扶輪少，公再來如月再圓。

一任南轅與北轅，抽毫記徧雪泥痕。諸詩張本循良傳，好貯巾箱示子孫。

迎　春

夏與秋冬似轉輪，緣何官長獨迎春。不知月令從誰改，擬再懸金愧賈人。

佟綽圖 補遺

字翰秋，豐潤人，正白旂漢軍。道光癸未進士，官山東長山知縣。

和歐虛舫明府《歸雁詩》

鵬程萬里任高飛，底事圖南便欲歸。花月有情驚夢幻，關山曾越識幾微。早從天驥争先到，多爲鄉雲入望稀。愧我處堂嗤燕雀，問君心迹是耶非。

隨陽端合向陽飛，前度來賓此度歸。一點心誠懸日遠，九霄路渺感身微。長途已閲炎涼徧，别恨頻添伴侣稀。頭上幾聲呼夢覺，仰天應自想非非。

和歐明府《春草詩》

天光漸漸暖朝暾，窺隔簾櫳緑到門。醉眼幾番疑袖色，裙腰端不類苔痕。莫嫌三徑荒蕪甚，却喜一般生意存。也怕秋來摧折處，榮枯到底恃靈根。

趙萬年 補遺

號恒齋，豐潤人，正藍旂漢軍。道光丁未進士，官山西長子知縣。

春　雪

怪得深宵冷透紗，春寒釀雪正交加。三千世界紅塵少，十二樓臺白玉遮。飛入池塘迷柳絮，埽來院落誤棃花。好於萬紫千紅外，更有天然六出葩。

底事春來尚峭然，釀成連日雪迷漫。但看柳絮因風起，疑是棃花帶雨殘。比白已無梅萬樹，暖紅不見日三竿。頓將一片繁華界，變作瓊樓玉宇看。

吴廷準

字季良，豐潤人，廷溥弟，咸豐辛酉副貢。

登小松山 安氏别墅

屢訪明園意自愉，四圍山色水雲區。九疇壽永桃千樹，兩字平安果萬株。紅趁日光珠錯落，青含露色翠縈紆。主人未遇仍閒坐，擬寫神仙游戲圖。

時遊芳圃樂良辰，今日纔能見主人。枉駕書齋如識舊，真談妙理屢抽新。栽培嘉果榮根蒂，開拓心田轉化鈞。林下優游名士福，能令艸木徧含春。

登陳宫山觀雞寺

攜侶觀雞寺，登臨興倍豪。岡巒四圍繞，雲漢一峰高。萬樹含秋氣，長松起暮濤。徘徊情未已，和月下東皋。

遊郭家峪果園

巖壑幽奇處，誰家小有園。野花攲石放，山果壓枝翻。徑遠人初到，林深鳥自喧。太平居此地，飲啄亦天恩。

史光熊

字逸卿，號幼畦，樸仲子。官兩淮鹽經歷，有《江海勞人集》。

喜峰雙塚用元人韻

嗜古金石窮撫摩，論事性真休詆訶。我生盛世久止戈，沿邊形勝觀云何。山氓稱述多俚鄙，松亭某山灤某水。喜峰知沿喜逢訛，距我州城百廿里。依稀雙塚林巒間，大者乃父小者子。子戍不歸乃父尋，久别忽逢見於此。相抱大笑笑未已，喜極父子竟俱死。荆榛蒼莽松蕭颼，一時埋骨名千秋。是父是子聚地下，歡喜至今應無愁。我重性真證金石，摎詢姓字卒不得。遊子遊經回望雲，憶否倚閭長太息。

弔袁養騷歌

袁養騷，明諸生，視氣節重生死輕。大厦已傾，大木誰擎。僞官居然臨吾城，遷延不拒惟將迎。吁嗟乎！有明天下竟如此，袁生四顧髮上指。仰天長歎事去矣，閉門不出甘厄死。張千户，差足喜，北門誘殺李騾子。袁生墓恰近北門，九原有知應莞爾。

題詩囊爲次兒恩培作

書窗珍重好光陰，底事閒情苦學吟。伏處未須錐脱穎，深藏翻笑墨如金。搜羅故紙延家學，來去郵筒寄遠音。知否宦囊羞澀慣，清操累代到而今。

史賜觀

字榕生，樸季子，出嗣樽。廩貢，官鹽運司知事，有《榕生詩草》。

贈苔岑詩社五子

妙手曾推兩八叉，謂温杏村、簡齋昆仲。眉公詩思更堪誇。陳韻山別駕。六朝香豔張蕉雪，小蓉孝廉。七子風流孫蝶花。丹五太守。榆社唱酬甘避舍，梓鄉雅頌各成家。清時定荷輶軒採，聲價金臺幾倍加。

竇諫議墓

椿老成株桂五枝，千秋咸仰義方垂。不須表墓貞珉泐，誦徧人間陰德碑。

繼 勳 附

字雲臺，東陵駐防旗人。

旅 懷

落日晚風清，蕭條客獨行。亂鴉鳴古樹，野水抱荒城。故國人難見，他鄉感易生。正愁歸路黑，新月馬頭明。

從　軍　行

秋風鼓角起邊聲，一紙鄉書萬里情。回首家山無覓處，斜陽返照受降城。

早　　行

料峭晨風吹面寒，霜華十里壓征鞍。疏星墜野天將曙，落月銜山影半殘。故國別來更節序，他鄉夢裏數悲歡。只今飄泊情何限，回首家山淚暗彈。

京西留別無方上人

世事如棋局屢更，誰從大海問前生。一肩未歇人間累，九死難忘座上盟。古寺月明山磬冷，霜天風響墖鈴清。莫愁此別仙凡隔，他日同乘鶴背行。

史德培

字蘭孫，遵化州人，樸孫。同治庚午舉人，官國子監助教，有《秋棠吟館詩鈔》。

題友人小窗八種詞本

風流悲壯趣難同，委曲傳神阿堵中。絶勝關西豪俠客，銅琶鐵板唱江東。

古今多少不平鳴，摹寫胷堪拍案驚。最是蕭齋魂斷處，一番讀罷若爲情。

海中早望

片帆高挂海潮平，萬里乘風快此行。島嶼蒼茫初日射，波濤洶湧曉雲生。濟來舟楫志逾壯，望到蓬萊氣轉清。借問維揚何處是，南天翹首不勝情。

滬上吟

一樣街衢莫識名，最高樓上品茶清。吴音到耳渾難辨，初抵江南第一程。

江行即景

番舶乘風去未停，倚窗遥望客初醒。波濤帶雨有餘白，蘆葦接天不斷青。帆影中流誰擊楫，山痕一派儼圍屏。最憐旅況無聊甚，唱晚漁歌幾度聽。

渡　江

揚子江頭蕩小舟，流連風景足清幽。三千里外來孤客，二十年前感舊遊。緑樹低連山外寺，粉墻遥指水邊樓。今朝得遂趨庭願，脱却征衫釋旅愁。

六濠晚步

漫云景物太蕭疏，晚步隄頭樂有餘。隔岸峰嵐連北固，遥天煙雨望南徐。江流不住淘千古，墖勢淩空接太虚。歸路優游饒逸致，幾家星火上鐙初。

陳殿香大令蔭桂約同吴讓賓茂才炳觀、裴公子遊焦山

乘風好挂片帆來，寶鼎經幢玩幾回。仙跡留傳三詔洞，波光收入百花杯。江樓榻喜陳蕃下，郢斧詩憑吴質裁。更有風流裴九在，銘尋瘞鶴剔蒼苔。

石壁猶留古姓名，劍南舊刻倍分明。才人詩好難爲繼，遊子愁多不易

平。禪榻誰尋鷗渚夢,來舟盡傍象山行。焦山相對。臨流坐久移情甚,擬向煙波寄此生。

禰衡

鸚鵡洲前水淺深,先生風格已銷沈。古今多少難平事,贏得詩人淚滿襟。

徐景春

字石卿,遵化州人,同治癸酉舉人,有《醉中天詩集》。

贈漁者

輕挂半帆雲,滿載一江水。短笛動秋風,獨宿蘆花裏。

殘菊

菊花彫謝雪花肥,惆悵詩人泣落暉。多少香魂化爲蝶,寒窗猶向夢中飛。

未開先爲落時愁,强借年華勸酒籌。今日殘妝同棄婦,一番審顧一低頭。

文信國

山河破碎陷單車，三載囚臣百戰餘。丞相得如文信國，庶幾無愧聖賢書。

試讀厓山五噫歌，千秋正氣不消磨。天心厭宋孤臣死，留得丹忱照逝波。

夜吟

月透疏簾簾影碎，小窗倚燭人微醉。空庭秋草露華濃，凄清一掬寒蟲淚。

湛亭 州城北門外

半跨清流半倚城，落星石畔草初平。詞人潦倒春遊晚，嘶盡東風幾樹鶯。

明月山

三五盈虧豈鑿穿，山頭無恨月常圓。遊人儻遇吴中客，誤認陽明小洞天。

夜聞驟雨

鯨魚跋浪海門開，潮湧銀山鐵弩摧。沈睡夢中驚坐起，一天驟雨破空來。

塞上曲

關山萬里界臨洮，鴻雁低飛塞月高。鼓角數聲沈幕府，霜華一色璨征袍。胡人戈馬歸河朔，漢將旌旗建羽毛。籌策中軍應不寐，黄沙風捲似驚濤。

塞下曲

一曲蒼涼塞下歌，幾番瓜戍白狼河。關山雁斷鄉音杳，沙磧雲陰戰骨多。遠道誰貽蘇蕙錦，壯懷空握魯侯戈。何時始獻承平頌，脱却征衣闢眊魔。

觀山

掛杖攜壺到小亭，蒼然巒岫列圍屏。黄花點綴雲鬟白，紅葉飄零石骨青。滿徑寒煙老秋客，一星野火走山靈。是誰高詠驚人句，竟使衰翁入醉聽。

觀　水

遠接長天一色澄，伊人無恙問頻仍。清流澈底沙無縫，細浪臨風月有層。彭澤蘆荒停客舫，洞庭秋老閃漁鐙。煙雲變態忙如許，悟得南華理未曾。

詠　懷

閒遊時逐片雲行，鴻爪年來計不清。耐雪蒼松今換色，出山小草尚無名。拚將歌詠消長日，肯使文章誤此生。是否春風猶識我，一帆更送到蓬瀛。癸酉中式，因三場策對誤點句讀，磨勘斥革，故云。

問泉寺春遊

路入深山別有天，同人暫作小遊僊。樹通幽徑腸腸曲，雲鎖奇峰頂頂圓。巧借杉松開畫軸，好將詩酒助林泉。笑余盡興忘歸去，一縷斜陽淡暮煙。

送劉念堂秋賦入都

歧路何須贈寶刀,知音今已屬吾曹。文心空説徐陵豔,詩思仍推夢得豪。野館鶯花春日暖,旗亭車馬曉星高。送君且盡樽中酒,直到蓬瀛策六鼇。

同友泛舟

攜壺共出孤竹城,片帆斜挂輕舟輕。陶然一醉不知返,夢醒惟聞柔櫓聲。是誰主人是誰客,聊復浮家與泛宅。天光雲影畫圖中,清流迴與紅塵隔。隔卻紅塵見碧峰,山泉吟咽山寺鐘。喜煞舟子亦嗜古,一一爲我尋遺蹤。捨舟登岸行且語,風吹衫袖飄飄舉。高詠誰誇吐鳳才,留題肯學雕蟲侶。儘日流連日易昏,歸途依舊認漁村。同人倚蓬幾回首,惟見暮雲屯寺門。

平夷頌

昔者軒轅駕象車,天吴九首爲前驅。鈞天樂奏廣漠野,大合鬼神通元虛。龍旂鼉鼓和鼉管,鸞噉鳳羽驚鬼胆。奪得文章造化功,萬國公侯拜旒冕。我生不辰亂離始,奮身誰作中流砥。夷氛不靖熾海疆,鬼蜮兵戈沓然起。螳臂竟敢抗天戈,狼貪豕突來群魔。天子曰咨命將帥,汝平醜虜唱凱歌。將軍神武智且勇，旌旄揮處山河動。殲厥渠魁赦脅從，方隅如砥寰海靖。今日又奏蚩尤功，萬姓歡呼聖治隆。獻馘更鑄黃帝鼎，再闢天地開洪濛。聖子神孫奕萬世，深仁厚澤暢皇風。我歌承平獻雅頌，拜首稽首三呼嵩。

長相思

疏簾冷冷響風鐸，小窗香擁梅花萼。更長漏永思轉深，半輪明月閒高閣。缺月照人人似月，幾番錦字傷離別。金魚鎖斷連理枝，玉斧敲碎同心結。不見同心愁欲絶，鴛鴦枕上殘香滅。灼灼寒鐙懶著花，斑斑紅淚都成血。青錢夜夜卜行人，行人獨占長安春。胡姬一笑千金散，銀鞍白馬雙朱輪。昔日夢魂在遠道，今日容顔鏡中老。嚴霜不殺斷腸花，冬風難落相思草。擣麝成塵香不捐，拗蓮作寸絲尚連。安得常如三五夜，千門萬户清光圓。

卷　八 附現存人

豐潤孫贊元薌臣甫編輯

男秉章、倬雲校字

趙國華

字菁衫，豐潤人。同治癸亥進士，鹽運使銜山東候補道，有《青草堂集》二十八卷。

趙菁衫觀察經濟、文章溢名山左。《青草堂集》直抒胸臆，無美不備，單地山相國曾稱爲數十年來僅見之手筆。詩詞特其末焉者也，兹因集隘，謹録數十首以備一家。

詠　史

周孔宅已蕪，經術裂如瓦。計策出儀秦，交游半睢賈。傭耕不可爲，食客滿天下。匪惟三王歇，亦無五霸假。虚禮謂盛事，僞才號長者。巍然黄金臺，風雲蔽平野。悠悠燕昭王，擾擾千里馬。

吕覽何述作，一字千黄金。李斯何點畫，百世稱書林。談天與炙輠，餘氣方淫淫。秦毒在當世，未得貽來今。鶉首豈天醉，封建多陵侵。不燒百家語，六經其浮沈。

厚幣事左右，巧哉阿大夫。米肉囑亭長，流弊及耰鋤。金錢五百萬，不始崔司徒。一級粟千石,祖龍爲之途。蜀主席徵聘,猶就隆中廬。梁州無陸相,瓜果皆緋朱。賈誼初對策,伏勝真讀書。敬宗登瀛洲,不與房杜殊。

三閭還走楚,客卿嘗去齊。丈夫不遭遇,玉璞均沙泥。燕丹義荆軻,其氣爲虹霓。游俠尚復爾,况乃姜與伊。升則支公鶴,墮則樊籠雞。有識共無識,漂母亭長妻。

望海行

瓊華之闕光碧堂,九層元室迴[①]丹房。左帶瑶池右翠水,連樓十二山中央。巨鼇贔屭未敢動,六萬餘載芝身黄。扶桑日出鳳凰叫,緑霞倒截珊瑚牆。晨纓七曜青童子,秀眉散髮疑修羊。登空控景放靈鑰,一丸雲母開圓閶。駕龍騎虎衆仙入,泠泠玉珮磨金璫。笙歘璈歘起天半,有聲無處蒼煙蒼。傳聞紫府最深密,蕊書藻笈羅琳瑯。又聞不死藥物在,食之壽乃儷三光。弱流沈羽亦何苦,飛昇安得淮南王。飆車羽輪不可作,廬生徐市空徜徉。

醉歌贈何吟秋

天根進爾一杯酒,並世多才未曾有。醉把芙蓉投大荒,長虹倒倚天爲陡。湖上相逢纔少年,筆花爛放青蓮手。玉佩瓊琚四座驚,星辰下覷蛟龍吼。擲除細玩忽縱横,不覺時趨皆敗缶。三閭悱惻昌黎豪,足使人間曼聲

① 迴,原作“迴”,據《青草堂集》改。

走。層霄萬里金銀臺，緑字離離照蝌蚪。誰道三十六洞開，廣成騎虎君無狗。年來途運尤彫殘，造物攻人若翦韭。弟妹伶仃泣北堂，室家斷散擢箕帚。破屋荒唐鬼不棲，自出自入忘辰酉。莽莽高空風雨悲，著書窮見襟邊肘。蠹魚七尺爾胡爲，塵土如山日埋首。我聞辟詔鴻都門，材館紛紛鳳凰友。又聞投筆玉門關，拜爵封侯俱不朽。不然高卧亦分貂，幾人未見中營柳。不然半級一資來，坐茵乘軒十之九。即今一熱儻因人，何至男兒不餬口。安得横飛太華巔，開懷生嚼如船藕。嗟哉遭遇勿復論，鄭旦便娟宿瘤醜。一歲超遷賈洛陽，騎郎不調十年久。便來抗舉未許辭，賤子淋漓亦大斗。

飛蓬[1]歌别同社諸子

味蓼江南老風雅，幾年相逢嵖山下。古來寒風善知馬，明才以我何如者。驪駒在門酒在野，長跪君書袂如把，嗚呼吁哉吾道寡。麗中。

東山高高喬木生，北海浩浩群川行。靈魑駛騃仙人驚，兖州孫子何縱横。破窗留客霜蕉青，埽除離索無纖情，起倒杯水談寰瀛。石來。

長安年少多時才，短衣故俠關中來。過余歧路初悲哀，欲語不語情徘徊。調頭一嘯風塵開，大言棧豆真駑駘，負者有若黄金臺。曉湘。

濟南城中鳳凰立，郭家第五真無敵。登壇往往拔旗壁，馳驅餘子如傳檄。長歌悲哉[2]歸飛翼，離堂蕭蕭北風急，斂手顧盼群動息。蓋卿。

大梁公子何天根，擁書放落今齊門。品流好醜區卑尊，下塵賤子窮追奔。霜袪雨笠相晨昏，十年賴爾麟鵬蹲，故山此去吾雞豚。吟秋。

---

① 蓬，原作“逢”，據《青草堂集》改。

② 哉，《青草堂集》作“我”。

扁舟歸隱心相許,長洲童二能今雨。曉霜團團向街宇,打門排闥驚徒侶。左召文龍右詞虎,酒闌起立山川舞,大漠飛蓬向天舉。菊生。

弔鄉社詩三十首 因邑志失葺作

曹太史鼎望,官刑部時典試湖廣,弟首望官户部,亦以拔貢生典試廣西,康熙丙午科也

古木參差紅葉來,識舟亭上酒杯開。二難瓊尺裁雲日,誰料溲陽舊秀才。

張尚書自德,康熙中以部曹從征三藩,擢河南巡撫,躋大司空

列郡登朝八座尊,行人重問履綦痕。高冠大劍無尋處,秋草萋萋滿墓門。

李中翰有倫,康熙甲辰進士,官内閣時庚午科典試貴州

文昌星入紫薇司,此是秋風管遴師。爲憶秀州徐華隱,兩行紅燭雅談詩①。

① 詩,《青草堂集》作"時"。

常方伯發祥，乾隆間以庫官從征金川，擢貴州布政，內遷光禄寺正卿，有《從戎紀略》

攬轡來歌蜀道難，崑崙關外馬蹄乾。天涯莫灩從戎記，留與巴潼説故官。

周明府士拔，乾隆丙戌進士，官知縣。里居授徒，能文善誘，後來之秀衆出其門。從子冕，己酉相繼成進士

都講開釁女水濱，淩江撼岳筆如輪。故應世守青氈在，眼見南宫第七[①]人。

孫司馬鵬越，乾隆丙午鄉試第一人，嘉慶己未進士，有文譽，出宰多惠政

月桂吟詩憶許棠，緑蘿曾領衆仙裳。櫻桃宴罷飛舄去，讖爾蓬瀛不可望。

劉太守爊，嘉慶辛酉進士，有文章盛名。戊辰分校禮部試，得劉嗣綰文，獲擢第一

師皋風鑑果無雙，不負陽湖此過江。紅藥階前鳳凰筆，至今言誦滿鄉邦。

---

① 七，《青草堂集》作"九"。

董進士蘭馨，與弟蘭芬同科舉孝廉，子達春接踵成進士。嘉慶辛酉，邑捷南宫者三人，即董進士與劉太守、王郡博玉衡也

聞道雙花玉蕊齊，太君佳夢見金泥。何期十載長安路，便聽嬌兒學馬蹄。

谷太守善禾，與張郡博如阜、高郡博淩雲、董進士達春俱嘉慶辛未進士，一時四傑。然官皆未起，太守亦以戆見抑云

四馬同轅入上閑，可憐蹤跡九衢間。一麾莫倚空群出，枉自黔陽萬里山。

張方伯印塘孝廉，起家縣令，擢布政使。初省謁時，大府相與謂曰："昨日張令者，他日吾輩此座中人也。"

聽事堂前牘背高，飛霜執獄懾權豪。當年大府真青眼，六纛風來見我曹。

送王竹蕣北歸

寒食天涯遇故人，湖城旅思作平分。緑波夢好慚江令，春草吟成對范

雲。失意宦如花耐冷，知心別似雁離群。濼源門外千條柳，爲語依依遠送君。

贈王次屏典試河南

仙掌高秋玉漏清，丹函銜詔出承明。在唐簡札崔知舉，入洛文章陸士衡。鳳味堂開中嶽色，龍門筆聚大河聲。諸生窮達方何限，瓊尺冰壺健此行。

聖　林

少小勝衣拜塾樓，真來闕里謁松楸。人間抔土倫山嶽，地下當年哭魯周。秦鹿登堂翻一劫，伯魚無椁亦千秋。斯文喪否憑誰問，洙水橋邊涕泗流。

馬　嵬

禄兒莫謾入潼關，更有金唐二百年。一代傾城能誤國，六軍激義敢争天。漢宫寂寞傷飛燕，蜀道淒涼語杜鵑。眼見黄埃埋白骨，可憐海上得神仙。

螢　苑

撲簌雙雕御幄明，黄龍皂澗自東京。景華宫殿今千載，大業風流昔五更。腐草尚遭身後劫，空梁防有暗中聲。青山歲歲銀盤月，無復頭顱徹夜行。

登岱至南天門

何年天外矗高屏，陰闔陽開孕衆靈。萬壑龍來松有勢，九逵鴻去陣無形。日斜海右諸峰紫，霧盡江南一髮青。人世飛昇祇如此，不關鸞鶴下蒼冥。

無　題 有序

丙寅初春，道出任城，羈留兼日。李花隔水，本擬栽雲；萍葉臨江，忽聞罷渡。流鶯不管，蝴蝶無聊。苧蘿非可采之山，楊柳賦懷歸之曲。私視羊權篋内，條脱依然；極知杜牧詩中，緑陰難受。嗟嗟！解酒人之渴，箇琴未是真心；療旅士之飢，此餅公然大畫。感成七字，迺得三章。色即是空，説門内之桃花，非關崔護；誰歟知我，望江邊之芳草，定有靈均。

黄金爲屋玉爲椽，坐待星期不計年。鑐月宵晴捫屈戌，絲風春定憶秋千。挼莎江國相思豆，狼藉牋箱問卜錢。碧海崑崙何許路，飛瓊一夢獨難圓。

支機咫尺水紋紋，不憚牽牛忽贈君。青鳥密書垂帳啟，紅綃輕釧隔屏聞。櫻桃樹底三生在，玉鏡臺前一臂分。斷信高唐峰十二，等無消息不爲雲。

錦茵小閣謾言酬，睡覺烏龍傍枕毬。神女虛留江浦佩，里孃生結玉谿愁。青山杜宇珊瑚淚，大道盧家玳瑁樓。惆悵蕭郎寒食節，鈿車斜過忍重遊。

宋見莽浙西歸

西湖山水好，何事挂冠旋。遠道多明月，新詩又幾年。宦情三竺鶴，離思六橋蟬。辛苦江州問，相期謝遏賢。

飲蔣丈竹生宅

車馬喧闐地，蕭蕭一款關。他鄉今夕酒，宦海幾人閒。翦燭頻傾庋，開襟只話山。不因城柝起，相對竟忘還。

袁開第

字杏村，玉田人，詵子。道光己酉拔貢，官貴州黎平知府，二品銜花翎候補道，有《聽雪齋詩集》。

貴州《去思碑》：公以内閣中書，同治三年揀發來黔，權水城通判。力守危城，招降逆苗數萬，在任八年，民賴保障。補威甯州，以功擢黎平知府，調銅仁。值龍桑坪紅苗滋事戕官，各苗寨欲蠢動，公安撫脅從，獲匪首誅之。乙亥，濫練句結永從屬六硐①苗匪猝變，陷永從、下江各城，四脚牛寨苗應之，公帶練來援得安。郡中軍興以來，常平倉久廢。前木菴太守請以潭溪、沈團②等處充公逆絶田産七成補常平，三成入書院，報可立案。至公始行，即以是年所得築常平倉暨潭溪官倉，並發子種招佃墾荒。次年照案分撥，書院膏火亦數倍於昔。郡中嚮以杉木、茶油爲生，公令依山植桑養蠶，民利賴之。

赴豫省親邯鄲道中作

入世休論夢與真，安排今古著吾身。神仙修到惟賢聖，莫把荒唐誤後人。

輪蹏難駐客中忙，吩咐盧生自主張。我爲思親常不寐，更無閒夢到黄粱。

湯陰道中謁岳武穆先塋，誤作武穆塋

道旁古墓鬱葱葱，武穆精魂落日中。拔地豐碑愁蝕雨，參天老樹怒號風。壽同殁後關夫子，福讓生前郭令公。埽去征塵申拜謁，我來酹酒哭英雄。

曾聞忠簡渡河呼，拜命將承未了圖。欲覿龍顔征北地，肯隨驢背到西湖。風波三字莫須有，俎豆千秋不可無。直抵黄龍思痛飲，至今遺語氣

① 硐，原作“銅”，據《黎平府志》改。

② 團，原作“圍”，據《黎平府志》改。

猶矗。

山上人

山上人，何矯矯。鄙紅塵，躡青杳。俯地眼已空，近天頭不掉。寄語山上人，居高須自保。爾若視人低，人亦視爾小。

雪羅漢

已分禪心作絮粘，如何六出又花拈。真形曾説金身現，幻態還誇玉貌嚴。識破繁華偏耐冷，静參因果不趨炎。等閒解脱飛昇去，那有塵容畏日黔。

雪美人

何日瑶姬降玉樓，庭前凝立若含羞。幾曾倚竹神偏淡，真箇簪花貌亦修。已斷情根甘冷落，最多心緒怕温柔。春來莫嫁東風去，打埽閒愁付水流。

落第

九轉還丹恨未成，讀書究不負平生。自慚才遠劉蕡甚，僥倖猶傳下第名。

步陶篁村韻

儒生行徑詎憂貧，劍與琴書伴一身。怕夢別離愁入夜，欲澆壘塊强沽春。星芒未戢三霄影，露布誰清萬里塵。搔首仰天問明月，奈何高處作閒人。

送趙聘之赴復州任

同來藥省便相親，五載論交類飲醇。偶爲閒情規杜牧，那堪別恨感汪倫。疏狂似我難爲友，長厚知君定愛人。一自鳳凰池上去，出關猶帶帝京春。

飲罷離筵夜已深，傾懷有語告知音。登場要惜兒孫福，濟世須存父母心。雲插五花纔擱筆，風清兩袖又鳴琴。載膺特簡君恩重，好爲蒼生沛雨霖。

閉門惟有絶交書，此後真教歎索居。競宦人皆成楚越，忘形誰復似陳徐。思君逐日隨琴鶴，笑我頻年作磨驢。記否長安深雪裏，君山祇卧舊茅廬。

癸亥揀發出都留别内閣同官

匏繫京華已九年，無端又著祖生鞭。經綸敢信能酬世，位置何妨且聽天。藥省自知非我計，樗材不耐受人憐。風塵碌碌從兹始，忍向蓬萊別衆仙。

莫將怯懦笑儒生，拜命甘爲萬里行。愛國幾曾辭險阻，讀書早已薄科名。久居鬱鬱原無味，老友殷殷獨有情。自問何堪對知己，此心不讓玉壺清。

軍中夜坐口占

刁斗無聲月上初，宵深寶劍氣凌虚。儒生那解戎行事，虎帳紅鐙夜讀書。

軍中吟

欲把鯨鯢一埽之，堂堂正正自王師。探囊舊著平蠻策，磨盾新成奏凱詩。寶劍飛霜摧霹靂，大旗帶日閃臙脂。指揮豫定揜渠計，偃武惟期荅聖時。

乙丑苗匪滋擾，赴歲稔里一帶安撫兼籌軍糈

滿地嗸鴻杼柚空，最難國手是醫窮。干戈未變苗蠻俗，巖穴猶存草昧風。兵燹後民皆穴居。亂瓦堆攙牆粉白，斷籬根賸竈灰紅。流民縱有監門繪，誰獨賢勞慰聖衷。

安撫苗民喜而作此

誰謂蠻荒出治難,不勞戰伐得粗安。撫綏敢畏山川險,赦宥方知宇宙寬。村舍漸能消壁壘,狆苗亦解重衣冠。招來何與微臣力,帝德覃敷頌舞干。

即　　景

久如閨婦守官衙,偶至郊原興便賒。流水三叉紆客路,青山四面護人家。佳名豔説姨媽菜,妙態嬌看姊妹花。漫道邊荒無韻事,如斯風景也堪誇。

述　　懷

消磨英氣病兼愁,點點新霜漸上頭。交結每從難處見,功名肯向易中求?官居下位才須斂,詩到中年語近秋。偶對青天搔首問,蠻方殺運幾時收。

秋　　氣

颯沓誰令萬籟號,水澄山静碧天高。吟壇淡著騷人筆,絶塞寒欺戍客袍。落地梧桐摧雨葉,盤空鵰鶚肅霜毛。匣藏秋水千金劍,老將幽燕語亦豪。

秋　聲

到耳無端百感招,讀書永叔恰良宵。蟲吟籬落隨風遠,葉下林梢帶雨飄。江上琵琶人語静,閨中碪杵客魂銷。長征莫唱邊關曲,沙漠連雲萬馬驕。

秋　色

丹青誰與繪秋風,檢點詩箋設色工。楓葉滿山霜降後,荻花臨水月明中。吟來鬢逐愁邊白,老去顔争醉裏紅。放眼縱觀天地廓,銀河萬古亘長空。

秋　意

西風昨夜老蒹葭,寒到邊城雁影斜。萬里飄蓬人去國,一聲長笛客思家。微霜色黯吴江樹,細雨魂銷漢苑花。便是深閨知最早,征衣檢點寄天涯。

辛未赴省途中雜感

春風吹送野花香，破店寒星路正長。臺上戲無真面目，廟中佛有假心腸。功名竟許軒乘鶴，聲價争如市飲羊。看到青青山欲笑，不平又聽水湯湯。

土人指點説名區，野燒掀天草亦枯。局面新開求保赤，牆頭舊貼示懸朱。圖披鄭俠憑誰繪，官好曹彬只自呼。悟道提壺今可惡，土人呼提壺鳥爲可惡鳥。恐他行路醉模糊。

帶練赴黎平任

匣中寶劍久韜藏，一觸風雷萬丈光。敢信能文殊灌絳，偏誇奮武邁龔黄。長途寨壘紛鳩聚，小隊旌旗肅雁行。立馬峰頭憑一覽，群山眼底自低昂。

王夢崧以論詩五古見示次韻奉答

詩人動相忌，持論多未公。各欲樹旗幟，伐異而黨同。界分唐宋代，爲古人爭雄。嘐嘐好置辯，已失温厚風。吟詠雖小道，運數關其中。但能得真意，軼後前亦空。興至發深慨，高論氣如虹。忘言亦詩教，非徒競辭鋒。我友二三子，夙與格律攻。明遠饒俊逸，鮑子年舍人。兼多洗伐功。

孫郎好丰度，孫錤珊廣文。舉步鳴珂璁。古有右丞子，卓哉稱詩翁。學蘇得神髓，非僅詞句工。清言去雕飾，一以靈心通。餘子皆碌碌，如以莛撞鐘。刻意在規仿，儷白兼妃紅。問以性情事，持冰語夏蟲。我亦深戒此，願借他山礱。

龍竹歌 有序

歲稔里産竹，大如甕，高數丈，俗呼爲龍竹。三月二日，余攜石介臣、葉曉山往觀，斫取二株，分贈同好，歸而賦之。

涓涓流水開心泉，誰家結屋山之偏。旁有老龍矗空起，直上那怕青天穿。風雲變化若有待，根盤節錯何其堅。不謂有竹大如此，眼底早已空渭川。虚心合受菖蒲拜，勁節當與松柏聯。紛紛凡卉何足數，嫣紅姹紫徒爭妍。得時非不取人悦，轉瞬枯瘁殊可憐。何似此君終不改，欺傲霜雪天無權。臨風瀟灑出塵外，入林羞煞王戎賢。龍孫裂土巨如甕，定教坡老流饞涎。儒生本無食肉相，風味應參玉版禪。萬竿森聳不能屈，枝枝葉葉相句連。儻使修付管城子，濡染真箇揮如椽。土人見慣不爲寶，視之何值一文錢。荷城别駕[①]有雅癖，搜尋踏徧青山煙。更攜石葉兩秀士，可云佳士同周旋。儼如在野求隱逸，輿從冠蓋屏不前。撲去紅塵三百斛，對去欲發詩人顛。擘空大展拏龍手，一株勢用十夫牽。截長攜短各分帶，紅雲壓損奚奴肩。真龍假龍了莫辨，葉公所好誰謂然。换形不待葛波内，何求作杖隨飛仙。我今截取各位置，不施雕琢全其天。或以蒔花或插筆，案頭共結文字緣。要知此舉非玩物，服膺君子心拳拳。人生也直有類此，滿腹荆棘皆須斸。世情邪曲何爲者，拈豪爲賦龍竹篇。

---

① 駕，原作“篤”，據《聽雪齋詩集》改。

陳克昌

號蓉圃，遵化州人，甲辰舉人，官柏鄉訓導。

蓉圃夫子，元受業師也。品端學粹，博通經史，精於時文，英年擢高魁，春闈屢薦不售。因嗇於遇，設帳三十餘年，遵、豐擢科登仕者多出門下。晚年司鐸柏鄉，越三年，解組歸里，宦橐蕭然，只茅屋數間，薄田半頃而已。然先生處之，終日怡然，殆以義命自安者與。

輓郁陶賓老夫子 諱鎔，豐潤人，嘉慶庚午舉人

酣戰文壇老倍豪，丰神矍鑠壓詞曹。春風誰料光難駐，化雨空悲惠舊叨。誼重師生情獨厚，文經綸閣品誇高。陳偉堂相國稱先生文品獨高，擬元未果。哲人忽萎吾安仰，回首不堪憶寄陶。

飲餞柏鄉褚穆軒明府

屢叨惠酒在琴堂，留寇無能感倍長。久仰循聲歌後杜，更欽遺愛繼甘棠。尊罏寄興歸何早，桃李關情去未忘。堪愧駑駘猶戀棧，不曾抛得豆芻香。

孫孝先

字銕珊，豐潤人，道光己酉科拔貢。官順天府學訓導，有《橫雲山館詩

集》。

送朝鮮遯溪公子暨硯樵、大勛兩先生歸國

方物年年貢,江流泝混同。作賓臣服久,柔遠盛恩隆。四牡龍沙迴,重關虎節通。祗今稱秉禮,綽有漢唐風。

物望推東國,皇華奉使勞。驛花迎劍珮,苑柳映宮袍。私覿從君輩,公餘屬我曹。新知如舊識,談笑各揮毫。

難得群賢集,萍蹤亦夙因。開樽延上客,列坐聚詩人。投分皆兄弟,忘懷孰主賓。今朝良宴會,把酒倍情親。

公子圭璋品,先生黼黻才。詩名追七子,文望列三台。鵰鶚雲霄上,驊騮道路開。他時重握手,還待使車來。

莫輓星軺駐,當筵一黯然。行程梅雨候,歸思麥秋天。贈别歌三疊,還朝秩再遷。若逢青鳥便,好寄白雲篇。

連日凝陰,撫時感事,即次袁杏郵同年

雲景何慘淡,凝陰蔽三光。孰謂天道遠,仰觀心徬徨。人事信有徵,垂象非渺茫。朔風振枯枝,棲鳥静不翔。薄暮灑微霄,寒氣襲我裳。慨彼北征士,荷戈方從王。鐵衣冒霜雪,孤身寄他鄉。毳帳豈不温,終殊所居房。骨肉懸兩地,何異在流亡。艱苦將語誰,在在肉補瘡。明春歸不歸,遑恤農與桑。執政被何人,作法胡於涼。所以怨咨氣,凝結掩太陽。何術堪解憂,一醉傾千觴。

述懷奉答杏邨同年原韻

忽忽月四圓，與君未握手。相隔百餘日，不啻三歲久。舉目人海場，誰爲素心友。愁來祇獨吟，悶對一壺酒。豈無冠蓋儔，齊天非吾偶。徒增老大悲，中夜呼負負。回憶兵燹餘，親朋各驚走。寸心何徬徨，筮易得无咎。米蔬費料量，敝衣典不售。自分填溝壑，微軀復何有。臨難恥苟免，非獨爲官守。薄宦忝一命，清俸愧五斗。何意干戈平，老親開笑口。稱觴慶再生，兩兒侍座右。當時幸不死，若死骨已朽。逢亂獲平安，私喜得天厚。悵然念吾子，問遺斷瓊玖。消息兩阻絶，凝望每搔首。因慨薄俗交，勢利如某某。絶迹擬杜門，插脚厭污垢。何當若君輩，謂王子默、惠春農諸公。古誼管鮑厚。相約啜苦茗，過訪松關扣。借君明鏡臺，爲我辨妍醜。

史致義

字書農，遵化州人，廩貢。官通判，有《怡盦詩鈔》。

曉　　起

雲氣覆峰頭，松陰澗水流。柳村枝鎖户，蓮浦葉藏舟。潭静襲人影，月涼浮客謳。四圍送山色，早晚如新秋。

山　居

小小茅廬曲徑斜，遠離村落近山家。一溪水色如臨鏡，半榻鑪煙偶試茶。桃棗覆街重蔭合，葡萄滿架矮棚遮。半生冷淡人歸老，詩酒陶情補歲華。

感　懷

秋夜暑未退，候蟲不斷聲。蒼涼孤客夢，感慨故人情。物自有終始，誰能無死生。天真須保愛，幸勿太聰明。

秋夜風雨

一夜風聲又雨聲，蕭蕭孤客聽分明。虛窗魂夢搖無定，冷簟淒清睡乍驚。花落空階紅墜粉，松依古石碧遮棚。早看山色溟濛裏，澤沛桑田慰衆情。

感　遇

萬里蠻邦二十春，況經滄海涉波臣。全憑忠信存骸骨，得返鄉關識友人。風景年光空過眼，雪頭霜鬢苦吟身。此生漫謂貧而老，徧覽山川樂趣真。

卧　　月

虚室容孤宿，天街月有情。洗無塵一點，來對客雙清。静照三更夢，涼消萬籟聲。卧看心雪亮，助我浄聰明。

王慶元

字曉江，玉田人，同治癸酉舉人。有《問竹齋詩草》。

題　　畫

小亭虚廠樹模糊，峰遠林深淡若無。石瘦半棱秋草暗，山空一角曉雲孤。沙邊鹿迹留樵徑，雨後蝸涎聚篆符。可有素心人到此，分明題壁字如珠。

巑岏突兀謝塵容，溜雨含煙草樹封。竹外遠巒低近水，巖前古寺遠聞鐘。撥雲路熟通群壑，排闥門開見一峰。滿徑花香家釀好，亭空正喜客相逢。

重重樹抱山如甕，上有仙人鸞鶴控。崖期拍手最前頭，長嘯一聲笛三弄。不才但作信天翁，芒鞵厭蹋輭塵紅。茆亭小築臨流水，知有桃花一徑通。

相將促刴懶雲窠，朗誦南華當浩歌。雲淡有情自舒卷，水清無力作風波。長松健爽辭斤斧，疊嶂巉巘老薜蘿。野鶴山麋同臭味，長安花好苦人多。

春仲宿野雞坨

馴雉遺風渺渺兮，平沙廿里驛程低。太平車子郎當驛，曼衍荆條荏苒梯。舊雨喜還聯客夢，閒花未許倩人迷。一鐙欲炧寒猶重，檢點詩囊趁曉雞。

和張笏卿《書懷》原韻

六十齋頭又早春，閒愁擔到自前身。早知世路原多梗，須信人生各有因。放眼誰爲清白局，空拳莫逐輭紅塵。箇中關鍵曾參透，我即成都賣卜人。

席帽青衫氣不華，隨人竿木弄都差。此身不滅風中燭，若輩徒添錦上花。造化小兒原有意，清涼居士豈無家。莫將壯志銷磨盡，一曲江東唱鐵琶。

慰趙魯卿廬墓

潸淚悲風木，停車一愴懷。斯人自天性，而我亦形骸。雪重廬檐冷，霜寒木草衰。松楸宜努力，勉矣慎旃哉。

瞿曇庵雙桐引

庵在玉田治東二里許，王豐垣先生公濯棲隱地。先生明末諸生，與甯河杜文端公有舊，國初時致書先生，屢欲徵起。而先生志不可回，竟披剃其中，以終老焉。雙桐者，其手植也。

風乾木老山欲童，三三兩兩躡遊蹤。瞿曇古庵幽僻地，翹然挺出雙梧桐。二百年來歷霜雪，誰其主者豐垣翁。豐垣先生有奇節，朱明厄運丁其躬。真人一出四海定，攀龍附鳳吁群公。渠梁相公貧賤友，致書屢走急足僮。興朝佐命儻爲伍，金印斗大嘉乃功。乃思乃歎乃涕泣，誓死不蹋紅塵紅。乃髡乃緇乃薇蕨，願與彌勒一龕同。我來寄慨桐樹下，敢以寸莛撞洪鐘。裵裒彳亍歌以歗，願酹一爵羞秋菘。英靈鬱勃鳳絛古，必有呵護資無窮。魑魅魍魎僵且走，桐風颯颯趨豐隆。一山馨桂緬先哲，良木其壞桐爲容。龍門百尺亦何讓，泰山更鄙秦皇松。扶頹振靡此爲質，長留古色照無終。

孝烈行 有序

孝烈君者，大城王司馬曾棫女也。童年割臂肉療父疾，長適豐潤茂才梁蘭祥。夫死無出，又舅姑早歿，遂以身殉。有司以事上聞，得旌以孝烈云。

榆躔歷歷耿斗魁，婺女星出陰氛開。乾坱坤北大城限，是生貞淑猗懿哉。於孝烈君德不回，霜筠冰蘗質璚瑰。烏衣閥閲夷蒿萊，爰適於梁吁無猜。怪鴟一鵬玉山頽，藁碪不出萎以摧。日入地底啞黔雷，幽房慘黯昏霾暋。孝烈有志志勿灰，誓從地下相追陪。神閒色適心褎裒，崩城哭市人其咍。一靈闃寂妝鏡臺，青鸞白鳳欻埏垓。豈無孀守譜華陔，家翁早逝疇絣罍。豈無抱子期程材，春䵷不繭疇哀哀。了無罣㝵意也恢，蘭蕙何必留枯荄。乃知徒死輕塵埃，死抑亦知所以裁。矧復幼孝衆所推，割臂和藥如鹽梅。烏頭綽楔高崔嵬，孝烈兩字簡以該。我聞祠墓封建纔，頌禱濟濟皆瑰才。檽鐘絙瑟予孰催，歌此以侑魂其來。

赴永平經豐潤沙巖寺

元冥始戒寒，征途浄泥淖。有事孤竹墟，脂轄僕夫告。言循土垠界，紅日落西隩。野曠生黄埃，獵獵北風嘯。地僻沙作崖，古寺恣憑弔。巍如靈光遺，頽若咸陽燒。村遠無近鄰，遥犬吠如豹。危檐瓴甓墜，衰草縱横繞。老樹挺杈枒，枯枝怪鴟叫。鼪鼯戴髑髏，人立月下趒。支壁古佛欹，陰房鬼火照。旅櫬何纍纍，棺朽白骨峭。精舍掩蓬蒿，瘻僧黄葉肖。悲哉宋道君，北狩丁末造。傳聞舊留題，莫覓輕紗罩。塵驚衆鼠奔，網密一蛛釣。墖勢委荆榛，無復峻嶒妙。昔年樹蒼蒼，心空狐狸鬧。乃考肇建時，殘碑碎磽磝。禪蜕瘞浮屠，問之睡不覺。既非單于臺，豈是女真廟。風霜閲歷深，荒衍此爲奥。安知禮佛虔，而無藏客暴。去去勿淹留，行行復騰踔。火熒欲唤人，茆店寒鐙耀。

董紹蘭

字香谷，遵化人，廂紅旗漢軍，監生，有《叢菊軒吟草》。

秋　柳

風裏枝條弱，秋來雨露勻。可憐曾折處，應有未歸人。鶯語久岑寂，蟬聲自苦辛。誰家羌笛裏，猶怨玉關春。

贈張夢久

懶作冬烘類乘田，朝朝采服北堂前。有時嗜酒同張旭，更復論詩愛謫仙。投筆自應勤遠略，聞雞誰擬著先鞭。自今戎馬紛紛日，無限功名待少年。

秋蝗感事

城郭遥聞徧野呼，縈雲閉月等飛烏。中牟竟賴仁賢感，御史休嗤捕捉殊。禾稻半黄争早刈，郊原如赭任長驅。眼看風雨重陽近，敢爲題詩怨索租。

送陣亡郡兵入昭忠祠

孤軍渺渺喪秋原，獨向西風酹一尊。凱徹不隨刀入夢，戎行惟以矢招魂。命歸異域無尸裹，名入昭忠信國恩。猶記吴鉤含笑贈，同袍今有幾人存？

題旅店

來往纔經六月程，入關無物亦心驚。過橋策蹇須阿渚，北浮橋。信宿泥鴻亦籍名。登名簿。路遠翻將冬日畏，山遥惟見暮雲横。紙窗斜透如鉤月，似釣中宵旅客情。

依爾根覺羅·祥盛 附

字松圃，東陵駐防旗人，官尚膳正，有《勉學齋詩草》。

水仙花

臨風映日意全舒，綽約丰姿韻有餘。素質出泥原未染，神仙何必不塵居。

大姓故宅

人言此是舊朱門，巷陌荒涼屋宇存。昔有千金酬趙孟，今無一飯飽王孫。歌臺舞榭基空在，翠竹嬌花影自翻。何事翩翩鄰舍子，利名奔馳又黄昏。

三　屯　營

三屯昔重鎮，扼塞最稱雄。勝國流風渺，將軍治績隆。城垣存遺蹟，史册紀成功。欲問今開府，何如戚總戎。

心箴示大兒海齡額

心爲身主宰，百體所禀令。苟爲氣所役，大權授之柄。舉動每乖宜，喜怒失其正。庶幾能收束，存誠而主敬。儒者有真傳，心學紀往聖。古人喻此心，止水與明鏡。

讀　　史

笙簫金粉戀迷樓，警報連年聽未休。莫向江南哀叔寶，隋朝天子也無愁。

送温純齋揀發知縣之江蘇

論交十載刹那中，冷署寒氈况味同。室入芝蘭香不覺，門盈桃李化偏工。文壇民社途雖異,循吏儒林道本通。待聽群黎歌召杜,神君譽噪大江東。

即　　今

去境殊勝今,往嘗以爲憂。來者不如今,今玆復何求。仰視日色皎,側聽蟬聲秋。晤言一室内,悠然與神謀。

蔣慶第

號箸生,玉田人,咸豐壬子進士。官山東章邱知縣、内閣中書,著有《友竹草堂詩文集》。

擬白馬篇

龍馬高纏騣,珠勒青連錢。跐跋陰山道,驟影躡飛煙。云是漁陽兒,結客方盛年。舊隸射聲尉,超距從春田。抽矢志雲表,皂雕下虛弦。跐熊碎其掌,豈顧豵與豜。使酒擊吴鉤,星動波迴旋。夜聞氈裘長,飛羽達甘泉。甘陳獨何人,直氣輕窮邊。誓縛五單于,蒲伏雙闕前。窮髮奉漢約,牛羊南向眠。咄咄公孫相,雍容冠進賢。

擬名都篇

長安東接軫，九衢如水流。貴盛角華侈，大王小者侯。何門一俠少，意氣横九州。五陵縱遊騎，金彈抛林陬。夜獵終南麓，抱樹蝯公愁。左眄而右顧，飛走殫巖幽。俯仰獲已多，命釂羅群羞。楚舞東西廂，中堂選齊謳。平生郭翁伯，作色生恩讐。款門驚滿座，日夕井轄投。八斗醉二參，衆賓忘獻酬。安知六龍轡，去去忽已遒。極娱亦何有，致思豈其儔。用謝狂馳子，迴鑣軌前修。

至正銅印歌 并序

豐潤耕者得銅印，其文西蕃篆，大如今州牧印。背左鐫“遼陽等處行樞密院斷事官印”，篆即此十二字，右鐫“中書禮部造至正廿五年六月日”。考《元史·百官志》云：“國初有征伐之事，則置行樞密院。爲一方一事而設，則稱某處行樞密院。”斷事官掌決處軍府之獄訟，至元元年始置此印。爲至正廿五年造，則洪武建國之前三年也。

至正之年一方銅，山氓拾得初磨礲。文曰遼陽行樞密，篆紐斑剥餘青紅。憶昔元綱弛十葉，瀛國公子何夢夢。黄河挑動石人眼，紅巾競起紛交訌。濠州真人手三尺，榑[①]桑鼉采升天東。林兒九四竪子耳，吴楚戰伐聲摩空。近畿爾時罕巨猾，專閫胡乃煩元戎。斷事之官佐軍府，察辭弊訟求民中。將毋羽書日旁午，將士攜貳無和衷。望風奔北棄甲仗，一軍覆没成

① 榑，原作“博”，據《友竹草堂詩集》改。

沙蟲。土花已蝕蒙古字，鐵券正紀開平功。佩金凡流詎足齒，庳庳特穆差英雄。當年鑾輿老漠北，劈正零落明光宫。百年一擲傳國璽，何論此物輕如蓬。臨風拂拭爲三歎，激昂論古心無窮。

諸葛銅鼓歌

餤沈火井悽岷峨，戎戎蠻霧僵神鼉。範銅傳自丞相製，千年正氣留巖阿。輪囷叩銅[①]啞鐘響，鐲鐃刁斗形殊科。或云作鎮讐溪獠，埋銅立柱規伏波。樓桑當年代銅馬，半壁王業開江沱。密須分物屬同姓，護持根幹煩枝柯。中原國賊未暇討，旌麾照耀征南戈。駱越迢遥五溪口，莊蹻故蹟餘幺麽。渾脱渡軍冒椒瘴，如湯南下愁牂牁。鼓角梯衝競呼舞，弩牙尖咽風鳴梭。九地九天有擒縱，飛蚊屢罥蛛絲窠。學道謙讓功不伐，撰紀肯遺蒼崖磨。清酒黄龍却盟誓，僰僮賨叟争謡歌。想見指揮命鳧冶，胚胎赤堇成盤陀。遠悲伊穀陷寶鼎，近嗤草棘叢銅駝。神物久藏土不蝕，荒山靈祲相嘘呵。大名遺廟蜀江滸，龍虎戰伐風雲過。坐閲銅關幾興廢，古斑溜雨苔鬖髿。西京朱鷺絶聲響，巴巫舞曲長傞傞。渭濱大星閴營壘，夔門陣石迴盤渦。漢月蒼涼出秋曉，清鉛淚下銅仙多。闐闐振旅感壯士，讙呼一日三撫摩。漳河老瞞足知[②]計，高臺銅雀當如何。

---

① 銅，《友竹草堂詩集》作“同”。

② 知，《友竹草堂詩集》作“智”。

鐵公祠

荷花十頃迎香風，湖湑遺廟祠鐵公。小舟一葉柳陰下，正衣展步趨靈宫。靖難興師檄君側，燕南列郡如撥軆。德州奔潰濟南迫，底柱思挽横流東。参政奇謀媲即墨，降書一夕驚盲聾。千鈞之版碎馬首，副車博浪將毋同。持糧三月盡則去，墨守豈畏公輸攻。惜哉魯陽不返日，乃使曲沃居成功。反背九死恥相同，矧肯屈節爲卑躬。鐵性百鍊不繞指，寸寸折入紅鑪紅。方公麻衣景公刃，亘天一氣連長虹。翦除幸不入瓜蔓，金陀遺裔延精忠。牆陰鑱石字磊磊，北平學士蘇齋翁。賢守深宵得奇貌，豈非曠世能感通。胡不肖形伏階祀，少師廣孝臣景隆。至今祠樹欲南指，如聞蜀魄嗁江楓。檐端一縷篆煙裊，莫令燕子飛簾櫳。

放衙

隔坐青山勸放衙，小胥斂牘趁歸鴉。城頹古堞斜通路，菊瘦荒畦晚見花。鄉思涉秋濃勝酒，名心退老薄於紗。藥囊抛擲書籤冷，太息吾生拙畫蛇。

丙子秋，山東闈中下一雁，甚馴，數日飛去，監臨丁大中丞爲作《祥鴻詩》。是歲公子中黔省鄉魁，公旋擢川督，慶第次元韻恭送之任

青齊千里即庭前，袛席同登感二天。益部分星占上界，巴歌來暮自今年。已瞻逵路賓鴻順，更聽清聲子鶴圓。泰岱甘霖隨馬足，嚴程叱馭一鞭先。

其　二

局促轅駒愧不前，枉隨雕鶚志秋天。即今遵雁馴階日，却憶登龍長價年。薦禰有書勞四上，借恂惟月記重圓。公以請假回籍，重莅東省。錦官幕府羅才俊，文舉慈明得孰先。頃入謁，公問："尚能做官否？"又問："能作幕否？"慶第以病謝。

殷孝子廬墓圖 名儼，歷城人

濟南殷孝子，家世守耘鋤。五十嬰兒泣，三年墓側廬。天荒攀柏日，形死寢苫餘。不解功名士，何心忍絶裾。

擬古二十首

神虬起大壑，飛雨被無垠。隆準奮雄劍，五年收項秦。定陶擅楚舞，雌雉鳴酸辛。排闥將何施，躡足勿復陳。翩然翊少海，古貌四老人。淒其鴻鵠歌，高天月重輪。來非簪組列，去與雲霞親。紫芝巢由侣，漢帝安得臣。

老鶴立墀廡，所志非乘軒。誰能罘罳底，百鳥同啾喧。晉重返其國，乃望席蓐恩。子犯泣中夜，臨河要一言。矯矯介子推，入山聽焨燔。大樹豈無功，恥與諸將論。

潁上不遇鮑，孰解堂阜縛。嬰亡微北郭，孰則以頭託。兩賢在艱虞，直節雲霄薄。薦達匪斯人，明主然疑作。神龜夢元王，延頸幾前却。誓留一片骨，甘爲知己灼。汲引貢公喜，游揚季子諾。世有炙輠髡，請爲臣伯樂。

七雄曰龍鬭，相傾争致士。神叢藉博力，投骨相牙起。朝彈馮公鋏，夕躡春申履。人持白馬論，户説臧三耳。博者賣漿徒，貴介俱風靡。亦解紀春秋，孰布咸陽市。糠覈士不飽，况乃思紈綺。陛下愛英髦，臣駟倏暮齒。長孺歎積薪，沈滯同一軌。

南士多卿材，正則好奇服。孤忠困上官，不忘江魚腹。弟子宋景儔，託諷不敢讟。至今沅湘上①，蘭芷紛在目。鴆媒渺何許，賈舍暮飛鵩。一篇古離憂，日月同照燭。

俗目寶康瓠，和璧不謂奇。蘭陵賦閭姝，無媒孰致之。屏棄信有因，遇合亦有時。君平爲人卜，時命當自知。原生甘藜藿，富貴吾不期。猗頓

① 上，原作“止”，據《友竹草堂詩集》改。

厭粱肉，貧賤吾不移。

豫子讐趙襄，事襄志可逞。艱辛變音貌，百死無一幸。伏地謝友言，術也非不省。所難愧二心，古誼丹青炳。漁陽何蒼頭，叛彭斷彭領。虛張不義名，受策爵二等。堂堂中興業，釁隙累牛鼎。惜哉復讐議，唐法旌誅並。

秦始穿驪山，惜未達葛溝。許由垢黄屋，豈復利諸侯。瓶罌異大小，鶖秃鸞尾修。元公盛衮繡，決去驚猨猴。黄女老不嫁，卞玉良不售。甚愛防美疢，桑中賞忠謀。物有不可奪，理有不可求。百川東到海，黑水西南流。

好生何渠王，多誅何渠霸。食馬賜之酒，群飲殺無赦。小仁項籍姁，大度高祖罵。下士蒼蠅聲，未識霹靂駕。安得青谿隱，高言破天罅。

越人求王子，公孫辭漢相。天乎曷舍余，主聖臣無狀。信知王侯貴，號泣不敢傍。身名兩孰親，嬰毒患多藏。決起競先得，驚飈狎巨浪。懦夫尊足存，瞿唐可輕上。

鬭獸陷深淖，善行乃无迹。澤兹七日斑，叩彼千仞碧。來日知獨難，疲蹇費鞭策。太虛自逶迤，未患世崩迫。禦寇乘泠風，幾從網飛舄。

橘蠹委獨角，顧影弱蝶翩。武安佩印人，家闕二頃田。觀聽易榮悴，時運成推遷。苟得豈云貴，擾擾相愚賢。三入易爲染，衆趨難獨捐。拳曲分去聲幽壑，養此山木年。

鳳食玉山禾，烏[①]鳶啄人肉。茫茫大罏鞲，禀氣匪一族。舉巵酌君子，中庭羅卉木。樹麻秋當衣，蘇蘭夏當沐。玫瑰有妍姿，刺手不可觸。馬勃非令名，桐君乃甄録。

風雲驅墋黷，天地屬清泰。夙尚耽竹素，放眼古今大。俯仰瓜牛廬，馳思九州外。金版龍虎韜，舒施有期會。不學筐篋徒，習吏文無害。當同

① 烏，原作“鳥”，據《友竹草堂詩集》改。

樓船名，軍鋒争下瀨。

秋士瘦於竹，節老枝葉乾。獨有乘時心，動盪如跳丸。宵亦不遑寐，飢亦不遑餐。涼風入我側，簾幕生濤瀾。直倚礙眉户，平睇青雲端。男子志四海，大運方艱難。

女蘿引翠蔓，附松未知松。安能伴山妻，寒魚兩噞喁。萬里佩孤劍，夜上明星峰。長揖羨門子，開豁平生胸。八表息風雨，一雲從一龍。

五雲護金殿，野父知朝曛。車右不惜生，感憤鳴吾君。誰謂尺波細，激浪東沄沄。廣原樹惡木，孤質難爲群。寸肝鑄青鐵，非種當鋤耘。

嘉禾苗葉長，被麗隨風翻。春穉秋已實，如彼一世人。明歲蓺其子，新田又碩蕃。種植歲歲易，誰能溯本根。海若貢一得，稊米觀中原。休矣語靖郭，何者爲兒孫。

聱叟猗玕居，漫浪苦違世。一撫道州民，潺湲賈生涕。君看挺挺枝，獨任冰雪際。結交得甘瓜，向夕落秋蒂。作臼儻受辛，願言擣薑桂。

昔我風雪中，驅車指京闕。馬毛拳不舒，僕夫肌膚裂。萬山同一雲，孤鴻杳出没。豈不悽心魂，奔趨志勳伐。冉冉鳥過目，老懷入鬢髮。伏櫪病且瘡，枯萁自齮齕。檐端漏朝旭，一榻送日月。寒衾結幽夢，舊事來怳惚。

田家二首

貧家無十畝，寸田尺璧如。穀苗間豆苗，緑髮新脱梳。終年抱甕汲，未似一雨濡。一來將軍馬，畦畛爲泥塗。將軍始富貴，將軍有驅除。東村少年子，買刀賣犁鋤。

漕艘高峨峨，早①苗牛尾稀。勿爲筋力惜，勤耨待天時。嶺頭日如血，地璺成坼龜。田車不可踏，迫近輸租期。所冀並鄉井，艱苦里正知。病婦襟不掩，蔽翳懷中兒。前日桑葉盡，采掇供粥糜。匳中女蠶卧，與人共朝飢。

有感二首

長江天所限，風尚移性情。季子聘上國，投贄皆豪英。十堂②三都賦，舌噤陸士衡。薄夫有孫盛，陽秋肆嘲評。島夷能羽重，索虜未銖輕。不聞人失得，楚弓自寰瀛。孑孑同室兒，棗梨③作喧争。危哉宋紹聖，早有分裂萌。

洙泗文章波，乃有含沙毒。莊莊彼何人，直氣不可觸。恒言必誠正，餘論及朱陸。萬年演孔圖，流别見魚目。夜鐙課兒子，辟咡有衷曲。惷愚當力耕，毋爲青編辱。

方鉞

字敬之，號海峰。先世州西南新城人，隨祖宦遊河南，遂僑居汴梁，寄籍宛平。道光二十三年舉人，大挑知縣，任江西萍鄉知縣。著《景椿山房詩文集》若干卷。

---

① 早，《友竹草堂詩集》作“旱”。
② 十堂，《友竹草堂詩集》作“堂堂”。
③ 梨，原作“黎”，據《友竹草堂詩集》改。

登堂子山和瑞晴湖徵韻

浮圖踞峰巔，下臨疑無地。陵園佳氣多，群山疊紫翠。我聞戚少保，選勝建玆寺。雄關藉保障，暇日事文字。熙朝四海一，六軍脱征衣。時平烽燧息，邊静鼙鼓稀。所嗟斯人遠，徙倚安適歸。相攜發長嘯，鐙火明荆扉。

同人招往燕山看獵，車中口占

臂鷹籠馬去匆匆，校獵秋原意概雄。肝膽論交情似水，鬚眉相對氣如虹。獸肥草淺千山外，斗轉參横一路中。豪傑襟懷名士淚，儘教揮灑向秋風。

石將軍

石門驛山半一石，如人狀。

百戰英靈塞上標，天留砥柱鎮山腰。雨淋日炙形容瘁，傲骨崚嶒不可銷。

梨峪庵阻雨

禾苗得雨滴濃青，萬派飛泉瀉遠汀。我比山頭雲更嬾，不妨竟夕此間停。

鳳仙花次何雪廬別駕國鎮韻

我聞秦時有臺臺曰鳳，臺上善人呀清呀。一朝簫史輸聘錢，花雨繽紛足供奉。風流富貴兼長生，如此艷福天所縱。驂鸞跨鶴雙翱翔，明月清風遞吟弄。攜手同上北闕去，捧心不效西子痛。兒孫蕃衍滿九天，散入香國爲散仙。化作百千萬億身，等閒庭院開年年。世人但以罕爲貴，坐令名花千載芳名湮。余獨愛其豔且静，不與群卉争後先。采色離披燦綺組，天真爛漫紛雲煙。秋風生，春光到，花間往往芳樽倒。鳳兮鳳兮非凡鳥，仙乎仙乎非小草。玉人何處吹玉簫，紅豔十指歌懊惱。一聲吹徹花欲飛，猶似當年鳳凰臺畔集陳寶。

卷　九 附詩餘

豐潤孫贊元薌臣甫編輯

男秉章、倬雲校字

曹　釗

飲冷心亭 謁金門

芳菲節，桃李亂將春洩。柳絮紛紛飛似雪，遠山青欲嚙。　酒債尋常慣揭，惹得鶯兒訴説。拚取醉鄉深處[1]歇，夕陽看又跌。

飲城西溪[2]山一覽樓 山花子

香夢梨花近午天，芳[3]塘荷葉小青錢。紫燕銜泥飛上下，畫樓前。千尺柳絲斜帶雨，四山圍翠[4]淡浮煙。笛聲吹出横牛背，夕陽還。

---

① "深處"原缺，據《豐潤縣志・文苑》及光緒三十四年《豐邑曹氏族譜》補。

② 溪，原作"西"，據《豐潤縣志・文苑》及光緒三十四年《豐邑曹氏族譜》改。

③ 芳，《豐潤縣志・文苑》及光緒三十四年《豐邑曹氏族譜》作"方"。

④ 四山圍翠，《豐潤縣志・文苑》及光緒三十四年《豐邑曹氏族譜》作"四圍山翠"。

遊天宫寺 行香子①

春到蘼蕪，花滿浮屠，尋幽伴步出僧廬。憑高極目，翠黛紛鋪。見西溪外，波淡宕，柳扶疏。　松陰籍坐，相將泥飲，君休笑故態狂奴。誰人似我，一事全無。踏歌歸去，明月上，照模糊。

孫　桂

憶　别 憶秦娥

香車快，雙輪轆轆斜陽外。斜陽外，寒鴉疏柳，百無聊賴。　歸來悶坐東籬砦，一般風景人何在？人何在？舊時明月，不堪重拜。

惜　别 醉花陰

行色匆匆人意懶，又別新亭館。看陌上垂楊，萬縷千條，難把征驂綰。一鞭殘照離亭晚，匹馬孤行緩。争得不回頭，葉落西風，日近長安遠。

① 子，原作“字”，據《豐潤縣志·文苑》及光緒三十四年《豐邑曹氏族譜》改。

春　思 浣沙溪

蝴蝶紛紛抱落葩，輕身飛過阿誰家，芭蕉庭院緑窗紗。　謝女多才吟柳絮，崔郎有恨賦桃花，粉牆咫尺是天涯。

出都寄友 長相思

風有聲，雨有聲，風雨催人出鳳城。天涯何處行。　山一程，水一程，山水朝朝相送迎。恍如良友情。

旅　懷 賣花聲

莎浦浪淘沙，雨細風斜，緑楊村郭萬人家。門外青山山畔水，水上桃花。　客感正無涯，情景偏賒，離懷經此更愁加。回首關河春渺渺，雲樹天涯。

憶　舊 點绛脣

七載宣城，年年慣醉恒山頂。目前風景，回首關河迥。　懊惱成眠，又被鴉嘸警。擡頭猛，半籬花影，三徑斜陽冷。

董崑

資生臺懷古 驀山溪

鐵板銅琶，高唱層臺右。何處大江東，正對著，山明水秀。胸襟一闊，桑梓喆人多。誰堪師？誰堪友？川嶽鍾靈厚。 豐功偉績，歷世如雷吼。獨有後來人，恨未得，親承趨走。長河西去，流盡英雄久。一杯酒，一翻手，澆向洹溪溜。

資生臺上飲酒 買坡塘

想人生，美景良辰，多被匆忙奪去。得閒須到高臺上，況值飛花舞絮。春將暮。費幾許，躊躇難使春常住。流鶯滿樹。直喚起壯年，乘風破浪，豪氣籋雲步。 争奈得，鬢髮卷如白鷺，蛾眉早經人妒。頹顔還恐招人怒，此意與誰共訴。欲傾吐，又覺道，田君徐子皆黄土。莫能把晤。東望更關情，斜陽碧草，正是石生墓。

輓夏邑侯小笠 滿江紅。有序

公宰豐潤，多惠政，王蘭莊鎮居民爲之樹德政碑。後調正定府、邢臺[1]縣，卒於任。

報道先生，今去也，神驚氣結。想當日，恩流稻浦，吏胥奸抉。惠德猶同浭水溢，仁風轉播常山巘。到如今，慈父頌黑髯，聲無歇。　人心痛，思廉潔。天心酷，摧英哲。竟奪我使君，陽春脚折。堂上金萱悲白髮，階前玉樹嘅紅血。歎羊曇，何日到西州，空酸咽。

送　别 秋波媚

暮蟬衰柳咽殘秋，腸斷送人舟。半林黄葉，兩條碧岸，一曲吴謳。清樽且向臨流醉，歸日倩誰謀？忽然惹動，别前舊恨，别後新愁。

遣族女嫁 百字令

年已及笄，迨其今早到，摽梅時候。憐汝孤寒難自活，來日纔稱童幼。事嬸如娘，視余如父，伴妹如蘭臭。簾垂樓静，生成性情温厚。　僅備些少妝奩，鐙花瑣碎，愧乏鴛鴦繡。往矣汝家學作婦，敬戒應防攘詬。切記三朝，羹湯手造，食性須勤叩。無非無是，無貽年來多咎。

① “邢臺”原誤作“型臺”。按《豐潤縣志》《邢臺縣志》《正定縣志》，夏獻烈，江西新建人，進士，咸豐六年任豐潤縣令，同治二年任邢臺縣令，同治七年任正定縣令。據改。

趙國華

茌平早發 浪淘沙

涼月太熒熒，斜盡窗櫺，雞聲催徧五更行。上馬不堪回首望，空驛殘鐙。 破曉出孤城，噓氣成冰，樓臺深處可憐生。晴鵲未來鸜鵒睡，誰喚天明。

秋夜過繡江擬訪全鑑三不果 城頭月

平橋疏柳青猶好，水闊銀盤早。繞郭涼荷，風香未斷，露岸人聲少。宿鴻暗印匆匆爪，遠漏黏城杪。殘夜相思，女郎山畔，孏颯帘鐙小。

陶慰農出舊所藏雙魚洗，渾古寒瑩，自然丹翠，真漢器也。爲製此闋 摸魚兒

最淒迷，漢宫明月，玉魚金盌都朽。鰜鰜比目知誰鑄，徧二千年依舊。君信否？定一水，勻圓挽過傾城袖。和諧悠久。想長樂初鐘，披香倦燭，時有纏金溜。 前夢盡，七十二鱗愁皺，綺窗無復纖手。土花蝕徧盆渦緑，巧凸珊瑚雙鏽。虧汝壽，便古意，婆娑已是銅中叟。鐺鐺重叩。莫獨夜雷聲，五陵秋氣，却化壁龍走。

乙丑夏，邸王死事曹州，省垣戒警。華夜夜抱關，憂局横中，鬱惻不去。沿街斜月，悄作憔澹之色，亦淒然苦人 百字令

嚴裝夜出，尖涼透，不似往宵風露。萬户千門鐙火歇，但見沈沈煙樹。譙柝聲乾，練旗影静，未識誰貔虎。迢迢孤月，宴然高照安堵。 搔首幾度看天，愴銀河如昨，將星何處？兀自潸然，凝望中，料有淚痕無數。怯婦驚兒，合酸巾苦宦，勞商瘁旅。扶窗失寐，一般同是淒楚。

王慶元

讀書苦樂詞 滿江紅

料峭風尖，穴茆檐，透穿環堵。怕蹉跎，韶光荏苒，心驚力努。窗草恁教隨意長，園花未許偷閒睹。更雪殘，不自覺衣單，讀書苦。 棐几浄，行瓦雀。茶煙颺，避松鶴。况賞音人至，無言花落。俗耳鍼砭鶯語鬧，文心細繹蛛絲鈞。對遺編，正喜艷陽天，讀書樂。

緑樹陰濃，便誰是，閒揮玉麈。困煞人，者般天氣，行尋墨數。硯角何嘗乾鸜鵒，筆頭不住驅蠅虎。儘脣焦舌敝熱於中，讀書苦。 蠹魚走，蜩螗作。瑶琴鼓，薰風約。好一編冰雪，槐陰探索。汗血憫人咨暑雨，牙籤偏我居涼閣。晚風前，螢火任囊收，讀書樂。

吾愛吾廬，却容易，商飆入户。正可是，西風人瘦，菊荒老圃。假館客憐孤雁冷，抽絲文滯青蟲吐。恨催租，剥啄惱詩腸，讀書苦。 黄花酒，佳

辰酌。茱萸會，良朋約。正瑶篇挹爽，冰壺濯魄。金粟影圓滋雅興，木樨香好添新萼。喜桂枝，攀折仰天高，讀書樂。

頭腦冬烘，笑冷淡，生涯誰伍。説甚底，風檐雪案，偷光刺骨。鐵硯欲磨冰更滑，紙窗半裂塵堪補。劇恓惶，長夜短鐙檠，讀書苦。　地鑪暖，靈臺廓。蘭膏膩，心花約。任雪深門外，琳瑯自若。松竹多情依隱豹，雲雷轉眼看伸蠖。快心胸，文史足於今，讀書樂。

卷　十 附閨秀

豐潤孫贊元薌臣甫編輯

男秉章、倬雲校字

顧　氏

氏名荃，字芬若，豐潤人，廣西巡撫馬雄鎮之側室。

《畿輔通志》：顧荃工詩畫，廣西巡撫馬雄鎮之側室。康熙十三年，吳逆反，叛將孫延齡應之，囚雄鎮於土室，越二年被害。芬若聞變，偕李姬及鎮子世濟妻董氏、妾苗氏均自縊。夫人李氏視棺殮畢，舉火自焚，婢妾十八人同時殉難。事聞，旌表如例。

題　畫《國朝閨秀正始集》

欲寫孤山處士詩，幾回握管費尋思。水邊籬落真清絶，萬个琅玕玉一枝。

王淑人竇氏

氏字蘭軒，豐潤人。乾隆辛卯武進士，濟寧、袁州、岳州等衛守備文魁女；灤州武舉王廷勳繼室；道光乙酉舉人，山東費縣、壽張知縣庚之母；咸豐庚申進士、山東東昌知府汝訥之祖母；光緒乙酉拔貢、户部七品小京官曾禮之曾祖母。著有《蘭軒未訂稿》。

王耀東先生昌序云：蘭軒者，姓竇氏，余宗姪武孝廉陛臣内助也。陛臣雖業騎射，而恂恂謹飭，綽有儒風。蘭軒於余爲姪婦，素聞賢明，亦不知其能詩。嘉慶己巳，余以無孫故，欲爲子承吉置側室。陛臣篤念宗誼，謀諸内，慷慨贈一侍女。既于歸，解其裝，得送嫁詩三絶句，始知其能詩且工也。壬申冬，余小女來歸寧，袖出蘭軒詩二卷，言陛臣嫂請父安並求序，蓋小女於蘭軒固同里婣家也。余閲之，贍博得未曾有，摘其粹者，字追句琢，間寓空谷幽蘭、孤芳自賞之意。

《止園詩話》：造物忌才，而於女子尤甚。女子之有才者，率多貧夭，或早寡，或遇人不淑。求其才福相兼者，概難其人。灤州王太淑人竇氏，字蘭軒，閒静工詩。所適武舉陛臣公雖業騎射，而恂恂儒雅，白首相莊。其子若孫科第蟬聯，又得親見其盛，殆所謂才福兼者非耶？宜人姊蓮溪、弟桂園皆能詩，刻有《詩庭合集》行於世。淑人佳句，如《晚景》云"芙蓉凝冷豔，楊柳淡秋光"，《冬夜》云"啼鴉驚夢斷，冷月入窗斜"，《雨後》云"山含雲氣白，花映日光紅"，《夾竹桃》云"榦留高士品，花映美人容"，《夜坐》云"月冷千家杵，窗明一院霜"，《寄書與二弟》云"夢斷蟬初咽，春歸雁漸稀"，《陰烈婦輓詩》云"吹簫天上伴，詠絮世間名"，《日暮》云"疏簾迎淡月，小院帶斜暉"，《暮春雨後》云"宿雲全隱岫，初月半迎人"，《秋閨怨》云"驛路馳驅征士淚，紅樓刀尺美人心"，又云"瀟瀟風雨飛黄葉，杳杳山河隔碧雲"，《曉起》云"四壁秋蟲驚短夢，一痕落月下疏櫺"，《洞庭晚秋》云"一雁翅掩湘楚月，小蟲聲近枕函秋"，《送春》云"一林緑暗三更雨，滿徑紅殘半樹風"，《春日》云"細雨翠添三月草，微風紅落一庭花"，《白鸚鵡》云"緑衣那許誇公子，縞袂還應憶美人"，《清明邀蓮溪遠望》云"柳梢微潤開青眼，杏蕊含苞點絳唇"，《題桂園書齋》云"簾幕遥遮君子竹，莓苔亂落女兒花"，《清明道中》云"東風楊柳塵隨馬，細雨桃花色映人"，《和紫墅》云"寒山寥落横蒼靄，衰草淒迷鎖淡煙"，《看蓮》云"花凝朝露潘妃步，葉挹清風楚客裳"，《柳》云"斜挂東風枝嬝嬝，低垂曉露影娟娟"。皆烹錬有法，不作小窗中喁喁口角。

秋　閨

宛轉深閨裏，秋來恨更多。鐙花餘斷夢，夜雨響殘荷。坐久聞哀雁，情深損翠蛾。他鄉經歲客,消息近如何。

夜　雨

陰雲方靄靄,夜雨乍濛濛。淅瀝連殘漏,淒清帶晚風。階前寒絡緯,檻外冷梧桐。獨坐聞雞唱,孤鐙豆許紅。

即景感懷

丹霜染徧碧楓林,秋色無端已十分。殘柳斂煙風颯颯,遠山沈翠雨紛紛。有懷空對東籬菊,斷夢長依南浦雲。欲覓新題思未就,遥天嘹唳度鴻群。

晚　秋

柳枝黯淡最堪憐,無限哀鴻度遠天。滿徑黄光金欲綻,一林紅葉火初然。坐看弓勢初三月,撥盡雲和廿五絃。愛惜良宵猶未卧,碪聲偏向玉樓傳。

春　柳

沿河倚岸雪初消,一簇青葱護板橋。小女學妝調淺黛,美人薄醉舞纖腰。最宜葉隱黄鸝囀,不用香招粉蝶飄。擬折一枝留贈别,春風幾度送歸橈。

哭小女長泰

平原草色緑芊芊,腸斷春風二月天。朝露未乾花濺淚,蘭芽難護玉成煙。嗟余一夢偏多驗,憐汝三齡遽殞年。幾度自哀還自慰,願兒猶結再來緣。

里有無賴娶知書女子箠楚不堪而赴水者感賦

忍將弱質赴清流,文字緣休業未休。開卷自知憐薄命,拈毫也解賦窮愁。摧殘玉化風前蝶,飄泊花如水上鷗。自昔佳人多落寞,至今青塚怨還留。

小息皇姑庵瞻某大師遺像 相傳師爲前明宫人

一片斜陽照廢墀,蒼涼滿目不勝悲。古碑藤繞龍蛇字,斷幅塵封水月姿。寥落翠華前跡杳,蕭條金磬後人癡。殘階桃李花争麗,想見蛾眉披剃時。

題　舊　閣

嬌桃文杏尚依然，門掩東風向夕天。誰見雲中歸鶴駕，漫於海上覓成連。素琴音寂三更月，百合香消半榻煙。莫向麻姑問滄海，眼前人世幾桑田。

秋　夜

悵望銀河淺，遥聞玉漏殘。回欄風露冷，佇立不勝寒。

春　曉

好鳥唬春曉，湘簾捲落花。那堪驚蝶夢，鸚鵡喚新茶。

秋　意

病已詩懷減，愁深酒意濃。西風一夜起，颯颯落階桐。

獨　坐

雙飛紫燕鬭翩躚，芳草凄迷色正鮮。深鎖重門人不到，柳花數點落簾前。

送蓮溪姊

人生蹤跡等飄蓬，此日分襟亂寸衷。目極歸帆何處是，淡煙縹緲有無中。

病中問夫子春意若何，因以桃花見示，感而有作

含風浥露一枝寒，獨抱幽姿背小欄。片片殘紅留不得，惱人春色病中看。

哭妹馨芝

故國燕來春漠漠，窮泉人去路漫漫。模糊一樹桃花影，疑是香魂暮倚欄。

送 春 詞

糝徑楊花已作緜，海棠零落漏芳妍。韶華自是難留住，却把春歸恨杜鵑。

重九憶諸弟

鳴雁淒淒下遠天，登樓一望盡寒煙。黄花高士今何處，風雨蕭蕭似去年。

弔于烈女 女灤州人，字同邑張氏。壻赴武闈，故於京。貞女聞訃，吞金卒

麗質娟娟殞夜臺，歌成黄鵠志堪哀。貞魂合向瑶池去，種作蓮花並蒂開。

再 送 蓮 溪

幾回搔首望晴空，握手傷離兩意同。驛路不堪重極目，故園迢遞亂山中。

畫 眉 鳥

雕籠巧語自生新，日傍珠簾索笑頻。底是多情憐粉澤，前身應是畫眉人。

爰將桃葉遣侍凝之，漫賦俚言以寄憶念

曉色侵晨映户新，雕籠鸚鵡解呼人。静思因果前生事，真是飛花墮錦茵。

渺渺離懷未有涯，送將雙槳赴仙槎。簽書捧硯饒清致，羔酒鐙前愧黨家。

題智朴上人《盤山志》

别是人間有洞天，前賢遺跡自今傳。惜師未解無言旨，世上猶留文字禪。

竇 氏

氏字蓮溪，豐潤辛卯科武進士文魁長女，蘭軒姊，有《蓮溪詩集》。

竇徵榴序略云：女兄蓮溪居士性特温惠，幼喜讀書，間與余及次姊蘭軒互相講貫，多有題詠。去歲自岳衞署中歸，悉取而簡閱之，去其蕪累，擷其菁英，得近體二百余首。嗚

呼！不櫛進士已成地下之修文，青衫儒生尚作田間之散櫟。述遺編於此日，憶舊雨於當年。成幻興嗟，好多致慨。豈特爲彰同氣之才華，要不忍没已嘔之心血云爾。

即　景

天净暮歸鴉，風清燕影斜。窗前翻舊卷，竹裏煮名茶。酒色分新柳，衣香染落花。春光看不盡，短句記芳華。

三月送夫子之淮上

滿酌杯中酒，送君淮上遊。四方男子志，不必起離愁。

餞夫子飲河干園中

爛漫桃花滿院春，河邊飲餞及芳晨。離情翻恨長流水，不爲留人爲送人。

劉烈女滿姑年十六，死林寇之難

臺灣水色遠悠悠，想像紅顔赴國讐。玉潔貞魂隨潔月，冰清弱質入清流。懷珍豈論年方幼，誓志應教士尚羞。自是聖朝多烈女，芳名贏得萬年留。

早　起

霧散鶯啼繞畫欄，夢回早起倚窗看。披衣欲到花間坐，病體難禁曉露寒。

秋日雜詠

抱病秋來小院遊，蟲聲處處動人愁。玉階凝滿團團露，明月無聲雁過樓。

銀河耿耿夜悠悠，月魄高懸萬籟幽。一枕秋聲眠不得，挑鐙閒續杜陵愁。

答蘭妹見問

秋思無限夢難成，起看梅花繞樹行。惟有中天一片月，迴環相照兩人情。

飄　絮

柳絮飛飛煙水村，飄將白雪作黄昏。梨花滿院春無主，寂寞殘鶯欲斷魂。

再過徐園觀桃花

桃園閒步好春光,一片繁華似洛陽。三月仙根生閬苑,百年嘉蔭憶琴堂。徐氏先人曾掌新安衞印。娟娟裛露楊妃醉,馥馥凝香倩女妝。寄語主人真樂境,詩成何必憾劉郎。

秋　柳

急雨疏風秋暮天,柔絲歷亂褪芳妍。莫誇好句詞壇裏,賸有蟬聲渡口邊。灞岸低回情宛在,永豐搖落色凄然。行人莫唱陽關曲,流涕寒枝鎖淡煙。

聞　碪

憔悴何堪夜色闌,無眠倚枕起長歎。忽聞冷杵淒淒韻,似覺深閨切切寒。寂寞秋光鴻雁度,蕭條暮雨碧桐殘。披衣欲到中庭坐,煙月愁人只自看。

夫子自南歸，述署中及道中情形，命賦詩，乃作幕府二首

清秋幕府少人行，階下寒蟲切切鳴。丹桂花開牽客恨，碧梧葉落動人情。欲尋午夢抛書卷，頓觸鄉心弄玉笙。一曲關山纔入調，不禁腸斷兩三聲。

悠悠幕府寄浮生，獨伴殘鐙到五更。一曲笛音幽夢斷，半簾花影旅魂驚。風吹羅帳寒人骨，月落紗窗觸客情。已恨飄零消壯志，漫將感憤賦秋聲。

鄭 氏

氏豐潤人，候選同知儼女，候選訓導孫岱室，道光己酉拔貢、順天府訓導孝先母，有《嬾雲草堂詩稿》。

嬾雲草堂題壁

雨後芭蕉翠，風前藥草香。溼花黏蝶粉，暖樹炙鶯簧。窗寂山屏静，堂虚硯几涼。閒雲真箇嬾，不似世情忙。

此間堪避俗，寂寞似山家。峰疊玲瓏石，亭栽紅白花。槿籬三尺短，苔徑一條斜。最好攜涼簟，藤陰坐啜茶。

秋　　夕

豆花棚下候蟲吟，移得藤床就緑陰。殘日漏雲收雨脚，好風吹月到天心。涼生庭竹驚秋早，香遞池蓮覺露深。静夜哦詩不成寐，銀河清殘漏沈沈。

寄　　外

深秋微雨夜窗寒，客裏風霜襆被單。爲語飛鴻傳好信，聊將一紙報平安。

久客關心露又霜，書齋竟日爲人忙。畫眉窗下閒題句，坐對菱花細較量。

即　　景

疏簾半捲晚風微，紅豆花梢淡夕暉。一掬秋心無處著，閒看蠓蠛作團飛。

鄭　氏

氏名淑，字荇洲，自號琴亭女史。豐潤人鄭武女，灤州漢軍旗、辛丑翰林、河南彰德府知府李希彬室,著有《琴亭女史殘稿》。

《止園詩話》:琴亭女史,姓鄭氏。父武,精詩畫,每握管,恒依左右,親授經史詩詞,故所作古近體詩皆有家法。年二十卒。

長信宫擬古

院落深沈秋月明,月明如水秋陰清。長信宫中人獨坐,手擎團扇難爲情。秋草生庭正寥寂,忽聽風飄仙樂聲。坐聽仙樂淚如霰,風月幾經時物變。焉能有翼若晨風,淩風飛到昭陽殿。昭陽殿裹舞腰斜,歌臺焕爛歡樂加。三千錦帳摇金步,十二長裾落翠華。長信宫中月初静,亂蛩吟伴牽牛花。出花寂寂漏聲愁,幾點流螢度玉樓。窗飄翡翠空横檻,簾捲珍珠不滿鉤。長信宫中春不到,昭陽院裹那知秋。自從隻影憐相弔,祇緣如玉人一笑。紅顏寂寞淚痕新,終宵惟有殘鐙照。殘鐙耿耿夜初長,下階也學舞霓裳。莫訝衣寬舞不起,本是當年承寵妝。一陣涼風吹滿院,幾回斷絶我中腸。但願化爲明月影,流光還許到昭陽。

途　　中

驅車斜路外,萬象泬寥間。犬吠荒村裹,船横古渡灣。白雲黄葉寺,秋色夕陽山。不識家鄉近,依然問小鬟。

杏　花　歌

花朝已過清明時，梅花落後春尚遲。春風拂拂去何處，吹上牆頭紅杏枝。此時可憐紅杏花，臙脂一抹照人家。人家女兒曉妝起，乍見花開感且喜。腰如束素臂纏金，掩立花前顔色美。花開花謝自年年，春去春來總可憐。今日看花花亂著，明日看花花亂落。幾回俯仰若爲情，獨折花枝歸繡閣。

春日病起

緑天如水一庭陰，病去依然不廢吟。曉雨梨花醒燕夢，東風楊柳醉鶯心。盈虚有數愁何極，天地無情恨已深。簾下徘徊閒立久，題詩晝壁漫抽簪。

漫　　興

讀罷南華真寂寞，小鬟烹茗緑窗西。吹斜珠箔春風細，烘暖高樓夕照低。幾樹海棠新白燕，千絲楊柳小黄鸝。漫磨古墨盈香几，贏得新詩信手題。

與妹介亭、弟仙洲分韻，得寒蟲、寒蝶二題

颯颯涼風草徑清，寒階吹起亂蛩聲。乍來户外音猶咽，未到牀頭夢已驚。倚徧銀屏鐙一點，和殘蓮漏月三更。微蟲慣作悲秋客，不管愁人永夜情。

尋春最晚最伶俜，花底三生拚不醒。草怨王孫秋默默，月邀青女夜亭亭。雪添粉本雙鉤白，香識梅花獨眼青。回首仙鄉長歲月，羅浮山下暮雲停。

送外入都

車馬朝陽裏，官橋柳色新。黄鶯如有意，代我送行人。

昭　君

空説琵琶語，應知北嫁難。即今青冢月，一様漢宫寒。

春宵即事

鐙挑小閣繡初停，簾捲紗窗月滿庭。誰寫折枝新畫稿，瓶花移影上

圍屏。

春日閒詠

緑陰深處翦芭蕉,閒把唐詩手自鈔。豫識明朝好天氣,蛾眉月挂杏花梢。

董氏

字茜溪,豐潤人。刑部司獄常輔宸室,舉人煇女,咸豐壬子進士、山東寧陽知縣春卿胞妹。

重陽前三日奉懷呈蘭溪大兄

由來四序是秋清,我獨憑軒百感生。天外飛鴻增別緒,庭前落葉觸離情。繡窗拈線雖依嫂,詩社分題卻憶兄。無限金閨寥寂意,閒將玉笛譜新聲。

補　遺

梁葆之

字復齋，號寄園，豐潤人，乾隆乙卯舉人。

《止園詩話》：復齋家素封，弱不好弄，性好讀書濟人。歲逢飢饉，指囷賑貸無吝色。壽八十五歲。

偶　成

秋氣滿平沙，心閒興轉賖。酒酣陶令宅，書借鄴侯家。波冷魚鱗細，風微雁字斜。思鄉無別事，連夜夢黄花。

海口大風

東風怒捲海濤驚，萬竅喁于夢未成。四望星河仍皎潔，挑鐙誰與賦秋聲。

北塘口占

水漲潮痕兩岸平，中流小舸似鷗輕。浪花一陣隨風去，亂點空階作雨聲。

落　　花

繁華從古不長存，太息春光雨後村。一簇迴風流水岸，數聲啼鳥夕陽門。緑珠埋没樓頭命，青塚飄零塞外魂。蜂蝶最憐爲意厚，往來猶念舊情根。

宋豹文

字見莾，豐潤人，咸豐壬子舉人。官河南伊陽、盧氏、淯川縣知縣，改浙江知縣，加同知銜，有《賦梅山房集》四卷。

送劉甥歸家并以述懷《仕豫草》

年來宦况歎飄萍，似入黄粱夢未醒。心恨微官難建白，眼承上憲幸垂青。兩次拔署。初嘗諫果漿多苦，久等勞薪勢莫停。寄語故鄉諸舊好，何如耕作在家庭。

一官捧檄負初心，況值中州禍正深。捻匪作亂。久亂流民多似水，荒年食用貴如金。連天未乞顏公米，何日能鳴單父琴。草已出山非遠志，回思往事幾沈吟。

丁丑冬署伊陽篆，忽有捻匪數千盤踞城南之峴山。於是募勇招團，與縣丞王玉生追勦滅盡，在營二十餘日未嘗解衣就寢。本道欲爲己功，余與當面牴牾，本州勸解乃已。因成四絶

一官猶是舊書生，血戰沙場欲用兵。平賊盡稱新令尹，合汝州百姓俱言非宋令不能平此賊。可知公道在人情。

上台谋略比天高，縣宰區區枉受勞。本道問："汝殺賊數百名，能盡知姓名否？"又問："盡有頭否？"答以臨陣焉能知姓名，頭雖有，亦不全。本道出示一單，上寫人頭，下注姓名。料得大功須大位，王朗有恨也應消。

募勇招團欲奈何，徒將鏖戰逞干戈。封侯李廣終無分，世事不平自古多。

小紅溝黄公勦匪處 咸豐七年，黄子紱宰盧，在此勦匪遇害

三川西去暮雲殘，舊跡沙場尚可看。折戟光侵沈月暗，亡魂氣冷作風團。溪泉暴漲營門没，禾隴平吞戰血乾。失策當年忘守險，幾回憑弔俯征

鞍。有勸公守北口者，不聽，故有此失。

洧川署中作

最苦不堪是縣官，一年賠累幾時完。我今已作風筝様，撒入雲端下轉難。守城七次，約費三四千金。

獲嘉有警路難通，李占標作辭。驛站新章改向東。晝夜連來八百里，洧陽早報馬群空。自五月驛站改洧，倒馬六七十匹矣。

接差人役報匆匆，知縣新來解戰弓。一紙飯條開未了，硝磺又到委員公。每日四五次，一次須車二十餘輛。

既催丁地又催漕，奉委各員氣自豪。差費尚須三十二，汴平不許少分毫。

自　　慙

濫厠吹竽已越年，催科撫字兩茫然。寸心一點差堪掬，未使人間造孽錢。

諸　紳　士

善士由來重一鄉，衣冠領袖自堂堂。人欣就範胡安國，盜畏知名王彦方。賴展鴻圖防鶴警，守城寨。早膺鶚薦荷龍章。連次得保。熙朝曠典超千古，指日鵷班慶拜颺。

書院諸童

才力當年羨富强，半觀經史半文章。心無茅塞機方活，筆有花開夢亦香。正軌須遵如樹鵠，歧途莫入等亡羊。功名自古多年少，雁墖鵬程日正長。

弔同鄉甯麗堂臬憲殉難《遊杭草》

當年陳臬聖恩叨，淚洒錢塘恨未消。一陣沙蟲空馬革，謂張軍門玉良陣亡。滿城龍種化鵜膏。城破，駐防無一存者。狐鳴陳涉心多詐，鼠掘睢陽腹盡枵。憑弔遺碑增感慨，魂來留對浙江潮。

盜起潢池儼弄兵，誰將戰守誤群生。衝鋒射少錢塘弩，阨要關無鐵甕城。糧盡官倉徒掘鼠，血攙湖水欲吞鯨。靈魂應結靈胥恨，時捲寒潮作怒聲。

杭城景況

處處看房婦女多，問他男子近如何。伊言髮逆來杭後，今已十年不見他。

吞氈蘇武看羊日，殺妾睢陽饗士年。總有霽雲能斷指，援軍不至奈何天。

冬過山東萊蕪縣

嚴冬策馬到萊蕪，舊日賊蹤半有無。罾口早知于禁敗，李宫保於萊蕪縣近海處挑萬里長圍。鴻溝終至伯王俘。風吹殘壘斜陽冷，雪壓荒城野店孤。共説將軍操勝算，至今父老尚長吁。

弔□山邑令杜公殉節

殺賊全憑立志貞，團成四萬盡鄉民。那知馬隊逢金虜，賊馬甚多，如兀术之拐子馬。竟致狐駘敗魯人。屍滿荒郊多白骨，髽簪嫠婦尚青春。茫茫浩劫何時盡，持較江南倍愴神。

老人應考

應試人來似曙星，伏生雖老亦談經。唱名莫笑頭先白，得卷偏教眼獨青。屈指壽辰剛滿甲，關心孫子又添丁。一朝捷報傳蓬巷，忙殺夫人曳杖聽。

跋

先大夫在日，每囑恩培輯《遵化詩存》，擬仿樂亭吾宗香崖大令《永平詩存》義例而踵成之。恩培受命不敢忘，第十餘年來殫心州志，未暇旁及，引爲深歉。光緒丙戌，公延同年孫襄臣大令主講燕山書院，商有同志所採三境詩翰，多足裨我見聞，先輯百家，各紀仕履小傳，得詩凡若干首，定爲《詩存》十卷。州刺史合肥陳公以地方文獻爲重，籌貲鐫版，甚盛舉也。余家自祖闈以次，傳歷三世，列入六家，先志藉酬，逾深榮幸。恩培附名參訂，轉愧未安。襄臣生長洖南，於其鄉先達採録略備，世次井如。遵、玉兩境，地隔時睽，安得博雅同人互匡不逮？恩培於我遵先達耳熟而心儀者，尚不下廿餘人。國初蔣文端公九貞相國赫德、張□□中丞德地、李時滋太常興元、汪□□給諫之洙、李拙庵總戎君賢，勛名政事，未可磨滅。嘉道以還，李九峰登螭、李梅坪[1]廷夔兩大令；徐桂亭成燕少尉；馮杏園文錦，李曙樓煦，徐育泉世培、笠山世坊諸學博，并爲先大父忘年執友。先月卿師諱方與弟竹卿學博策稱“二魯”。温純齋司馬粹之與兄和軒煦之、弟春谷應之稱“三温”，州中士林半出諸公門下，尤宜取爲程式。州庠有詩名如李月樵廷烺、王簡書其勳、龍□□靖一、張畫亭紹圻，陵部旗籍則有葛竹軒本圖、蘇鶴樵蘭泰、瑞晴湖澂諸人。皆應循存人存詩之例，採輯集中，乃竟不得專集，或并

① 按《遵化通志》，李廷夔，字梅叔。

未覩隻句。區區寸忱，矢待續録，則對襄臣益滋慚耳。至玉田之有無遺闕，又未敢懸擬矣。又考是集隨採隨刊，科第后先不無失次，其無科第可序，尤易紊戾。如李憲章維斌乾隆十一年考授廩生，誤列國初；祥松圃膳正盛前歲考終，誤列現存。則襄臣所不及知，實恩培未及更訂之過也。更願遠近同志，隨時寄示，俾聞闕失，補救將來，恩培將與襄臣同誌幸焉。

光緒戊子秋七月鄉後學史恩培謹跋